TILLEADH DHACHAIGH

Tha Aonghas Pàdraig Caimbeul aithnichte mar bhàrd, nobhailiche, neach-naidheachd agus craoladair. Rugadh agus thogadh e ann an Uibhist a Deas, ged a tha e a' fuireach a-nis ann an sgìre Shlèite san Eilean Sgitheanach.

Tha e air trì nobhailean chliùiteach fhoillseachadh mar-thà airson Ùr-Sgeul: *An Oidhche Mus do Sheòl Sinn* (2003), *Là a' Dèanamh Sgèil do Là* (2004) agus *An Taigh-Samhraidh* (2007). Chaidh *An Oidhche Mus do Sheòl Sinn* ainmeachadh anns a' chiad 10 ann an clàr aig an iris *The List* airson na 100 leabhraichean a b' fheàrr a chaidh a-riamh a sgrìobhadh an Alba.

Sgrìobh e ficseanan Beurla fon ainm *Invisible Islands* a chaidh fhoillseachadh le Otago Publishing (2006) agus chaidh cruinneachadh dhe a chuid bàrdachd, *Meas air Chrannaibh*, fhoillseachadh le Acair ann an 2007. Nochd e air an sgrìon mhòr mar am prìomh actair ann am film Gàidhlig, *Seachd*, a chaidh a shealltainn ann an taighean-dhealbh air feadh an t-saoghail.

Tha e pòsta le sianar chloinne. Tha e dèidheil air ceòl mòr agus na sgrìobhaidhean aig Milan Kundera, Franz Kafka, Italo Calvino agus Halldór Laxness.

Tilleadh Dhachaigh

Aonghas Pàdraig Caimbeul

CLÀR

CLÀR

Foillsichte le CLÀR, Station House, Deimhidh,
Inbhir Nis IV2 5XQ Alba

A' chiad chlò 2009

Air a chur ann an clò Minion
le Edderston Book Design, Baile nam Puball.
Air a chlò-bhualadh le Gwasg Gomer, Llandysul, Ceredigion, A' Chuimrigh

Tha clàr-fhiosrachadh foillseachaidh dhan leabhar seo
ri fhaighinn bho Leabharlann Bhreatainn

LAGE/ISBN: 978 1-900901-49-9

ÙR-SGEUL

Tha amas sònraichte aig Ùr-Sgeul – rosg Gàidhlig ùr do dh'inbhich a
bhrosnachadh agus a chur an clò. Bhathar a' faireachdainn gu robh beàrn
mhòr an seo agus, an co-bhonn ri foillsichearan Gàidhlig, ghabh Comhairle
nan Leabhraichean oirre feuchainn ris a' bheàrn a lìonadh. Fhuaireadh taic
tron Chrannchur Nàiseanta (Comhairle nan Ealain – Writers Factory) agus
bho Bhòrd na Gàidhlig (Alba) gus seo a chur air bhonn. A-nis tha sreath ùr ga
chur fa chomhair leughadairean.

Ùr-Sgeul: sgrìobhadh làidir ùidheil – tha sinn an dòchas gun còrd e ribh.

"Tha t' anail leams' nas cùbhraidh
Na ùbhlan 's iad 'gam buain,
Na 'n caineal caoin ga shùghadh
A thiubhrar thar a' chuain."

"You blows who you is"

– Louis Armstrong

"The novelist is neither historian nor prophet:
he is an explorer of existence"

– Milan Kundera

Clàr-Innse

Festubert 16/17-5-1915

"'S ioma gille tapaidh treun
A chaidh o fheum san achadh* ud,
Is 's ioma fear a thuit gu làr
Nuair rinn sinn "charge" air Festubert"
　　　　　Srt Calum MacGill-Eain (4mh Camshronaich)

Stararaich nan gunnachan beaga
Is dairirich nan gunnachan mòra,
Dorsan troma gan dùnadh
Le sgailc is stàirnich na doininn;
Sian is miolaran nan sligean
Mu Fhestubert a' phuill 's na fala:
Dorsan mòra troma dùnadh
Air ioma òigear làidir treun.

Dorsan ga fosgladh gu sàmhach
Agus gan dùnadh mar a dh'fhosgladh:
Gille no nighean, no dithis no triùir
Gan toirt a-mach à rumannan sgoile
Agus iad ri dhol dhachaigh,
Sìos an Drochaid Mhòr,
Gu meadhon a' bhaile,
No deas gu na h-Acraichean,
No tuath gu na Slugannan,
Sìos chun a' Chidhe,
No sìos chun na Slignich,
An ear gu Cnoc na Gaoithe
No null an t-Sràid Dhubh.
Gu gach taigh san robh am bròn,

Bràithrean no athraichean marbh:
Trì deug an aon latha
Ann am baile beag Phort-righ
Trì fir dheug am Port-righ,
Agus ioma fear eile
Eadar Tròndairnis is Slèite,
Eadar Diùirinis 's an Srath,
Eadar Bràcadal is Ratharsair,
Eadar Minginis is Rònaidh
Eadar Uibhist, 's na Hearadh 's Inbhirnis.

Dorsan ga fosgladh 's gan dùnadh
Gu sàmhach ann an ioma taigh
Agus a' chlann a' dol dhachaigh
Gu còineadh no gu tosd.

Dairirich nan gunnachan mòra,
Sgailc dhorsan troma a' dùnadh
Mu bhailtean eile sa Fhraing
Agus feadh na Roinn Eòrpa,
Is dorsan ga fosgladh gu sàmhach
Gu fàrdaichean a' bhriste-chridhe.

Somhairle MacGill-Eain

* Neuve Chapelle 10-3-15

Nochd an dàn seo an toiseach anns an iris-sgoile aig Ard Sgoil Phort Righ ann an 1992. Taing mhòr do theaghlach Shomhairle airson cead an dàn seo a chleachdadh.

1

Obar Dheathain

B'ann air an trèan eadar Obar Dheathain agus Caol Loch
Aillse a dh'aidich mi gun do dh'fhalbh mi nam shaighdear
's gun do thill mi nam thaibhs.

Bha ceòl nam chluasan – ceòl meileòidian a bh' ann, port
aighearach air choreigin an toiseach, ach an uair sin waltz
slaodach – agus an uair a thàinig mi thugam fhèin bha h-uile
nì cho soilleir, mar gun robh gach duine a bha timcheall orm
air èirigh à grunnd na mara, 's iad a' deàrrsadh bog fliuch anns
a' ghrèin.

Thug e beagan ùine tighinn a-mach às a' chriadh, mar gun
robh prosbaig an oifigeir a' soillearachadh tron a' cheò, far an
robh gach nì socair agus sèimh. Fad às – ged nach robh iad ach
mu leth-mhìle air falbh – bha na Gearmailtich cuideachd nan
tàmh, iadsan cuideachd nan crùb anns na tuill fo dhriùchd na
maidne. Cho lom agus a bha an dùthaich timcheall an seo, ged a
bha an samhradh air tighinn.

"Àm gu cogadh, agus àm gu sìth," bha am Padre air a ràdh rinn. Fear àrd foghainteach à Inbhir Nis a bha air Cogadh nam Boers fhaicinn cheana, agus air dhol tro gach àmhghar ann an teas brùideil nan Innseachan cuideachd. Falt goirid geal air, agus chì mi fhathast e ag èirigh romhainn a-mach às an trainnse agus a' dèanamh air an nàmhaid le a làmhan sgaoilte mach ann am beannachadh fhad 's a bha na h-urchraichean a' dol troimhe.

Cha robh mise neo gin dhe na balaich a bha còmhla rium cho gòrach nach robh fhios againn dè bha romhainn nuair a dh'fhalbh sinn. Feasgar fionnar foghair a bh' ann agus an Cuiltheann àrd is balbh mar a bha i a-riamh. Cha robh aon duine againn a' falbh airson glòir neo buaidh is bàs. Nach robh sinn air làn ar mionaich a chluinntinn mun sin cheana, nuair a thigeadh an recruiting sergeant air an robh a h-uile duine magadh? "Seòras Mòr nam Magairlean" a bh' aig cuid air, ged a chanadh feadhainn eile "Seòras nam Magairlean Mòra". 'S thigeadh e co-dhiù aig deireadh gach foghair dhan Chaol, dìreach aig an àm cheart, nuair a bhiodh ròcais dubh a' gheamhraidh air fàire, 's dh'fhalbhadh e le dòrlaich dhe na balaich a' teicheadh na bochdainn. Hud, tha fhios gum biodh feadhainn ann, gun teagamh sam bith, a bhiodh a' creidsinn an spùt ud a bhiodh e ag ràdh mu uaisleachd is èifeachd is eile, ged a bha e gu math soilleir nach robh fiù 's e fhèin a' creidsinn ann, air mar a dh'fheumadh e am branndaidh òl eadar nam briathran.

Dh'fhalbh sinn, ma-thà, le ar sùilean làn-fhosgailte. Fhuair sinn èideadh ann an Gleann Eilge, agus feumaidh mi a bhith onarach agus a ràdh gur e mìorbhail a bh' ann an tìr-mòr dhuinn ceart gu leòr. A bheil ùine agus neart agam innse dhuibh mu dheidhinn? Nach eil an t-sìorraidheachd agam? Cho trang agus a bha an Caol fhèin an latha ud, 's a' Ghàidhlig agus na faoileagan a' strì anns na speuran. Agus Ploc Loch Aillse! A ghràidh, nam biodh tu air fhaicinn an latha ud bho uinneag na trèana, agus na h-eathraichean beaga a' bocadaich gu dathach anns a' bhàgh! 'S Inbhir Nis fhèin 's na siùrsaichean, agus na siùrsaichean eile a bha romhainn an uair sin ann an Obar Dheathain nuair a thàinig na Gòrdanaich nar measg, iteag am bonaid gach fear agus gach dàrnacha fear le pìob-mhòr air a' ghualainn. Cha mhòr nach faiceadh tu na puingean-ciùil ag èirigh a-mach às na dosan: *The Cock o' the North* 's *The Haughs of Cromdale* is *Tulloch Gorm* air an robh mi eòlach gu leòr o na bodaich a bha air a bhith còmhla riutha uaireigin anns an Èipheit.

An cùm mi a' dol, 's gach nì mar aisling? Mar a ràinig sinn Dùn Èideann agus an Rìgh fhèin gar coinneachadh an sin aig Waverley, ged nach fhaca mise aon sealladh air. "Nach e tha beag!" ars an fheadhainn a bha aig toiseach na sreath agus a fhuair sealladh air san dol seachad. 'S na seachdainean a bh' againn ann an Yorkshire a' trèanadh: a' ruith gun sgur tarsainn nam mòintichean fliuch (suarach na fàdan mòine a gheobhadh tu an sin!) 's a' màirseadh a latha 's a dh'oidhche timcheall nam bailtean beag' ud a tha nis dol an dìochuimhn' . . . Wetherby 's Tadcaster 's Bickerton 's Cowthorpe is eile. 'S cho blàth agus a bha na pìnntean leann a gheobhadh tu anns na taighean-seinnse. "Have a drink, have a drink," sheinneamaid, "have a drink of this cow's piss."

'S mar a thàinig an latha mòr agus a dh'fhalbh sinn uile air trèan gu deas a' dèanamh air am Front Line: dà fhacal aig a bheil ciall cho eadar-dhealaichte a-nis, mar a tha ciall cho eadar-dhealaichte aig gach facal. O, sheinn sinn na h-òrain allright, dìreach mar a sheinneas a h-uile còmhlan an cuid òrain fhèin, ach cha robh ann ach cur-seachad tìde. "Oh! How I hate to get up in the morning" "Smile the while you kiss me sad adieu" "Up to mighty London came an Irishman one day" "Pack up your troubles in your old kit bag and smile, smile, smile, while you've a lucifer to light your fag, smile, boys, that's the style" "O it's a long way to Tipperary, it's a long way to go." Ged a sheinn cuid againn cuideachd Òran a' Mhàidseir agus na sailm Ghàidhlig: "Tha Dia nan sluagh ri còmhnaidh leinn, 's an còmhnaidh air ar crann: Is e Dia Iàcoib 's tèarmann dhuinn, dar furtachd anns gach àm."

'S chan eil sìon a dh'fheum innse dhuibh mun chòrr, oir tha fhios agaibh air uile cheana bho na seann newsreels a tha sibh air fhaicinn ceud mìle turas a-nis air an teilidh, a' ruith agus a' ruith a-rithist agus a-rithist ann am mac-meanmna ur cuimhne. 'S ann a tha e a cheart cho doirbh dhomh fhèin sgaradh a dhèanamh tuilleadh eadar na chunnaic mi thall an sin ann an da-rìreabh agus an ruidhle a tha a' sìor dhol nam cheann, mar film. Thall an sin, gun teagamh sam bith nuair a smaoinicheas mi air, bha poll is uisge is fuachd is ana-chinnt is eagal, ged nach fhaic mi nam cheann ach an aon rud a tha sib' fhèin a' faicinn: na balaich òg ud a' falbh gu am bàs.

"Adhbhar? Hah." Tha mi dèanamh gàire beag dhomh fhèin. Chan ann o chionns nach robh adhbhar ann, ach gun robh na mìltean. Gach adhbhar air an smaoinich thu. Air thalamh neo fo nèamh. "Is truas? Hah! Hah!" Tha mi a' dèanamh gàire eile. Dà ghàire. Dìreach o chionns nach toir truas air ais iad. Neo mise. Dhe na tròcairean uile, 's e truas am fear as miosa. Am fear as lugha feum. Tha cuimhn 'am trup rinn mi fhìn òran. Aig toiseach an dara geamhraidh a bh' ann – a-null mu November 1916.

Bha i air a bhith a' sileadh gun sgur fad mìos, 's cha robh sinn air
òirleach talmhainn a ghlèidheadh neo a chall. Ach a dh'aindeoin
sin bha na mìltean a' bàsachadh gach latha, le fiabhras is cuthach
nas motha na le seilichean. Truas? Innis dhomh mu dheidhinn!
Innsidh mi dhuibh dè an aon rud a bha gar cumail a' dol –
èibhneas. Mura b' e gun robh an comas againn magadh air ar
suidheachadh bhiodh sinn uile air laighe sìos anns a' pholl agus
air bàsachadh. Cò aig tha fhios nach e an fheadhainn a chaill
am beatha an fheadhainn a ghlèidh an ciall. Mar sin, rinn sinn
suas na h-òrain. O, chan e idir an treallaich sin air a bheil sibhse
eòlach tro na leabhraichean agus tron eadar-lìon is eile: "Oh,
Mademoiselle from Armentieres, Parley-vous" ged a sheinn sinn
sin ceart gu leòr, ach rudan na bu ghèire cuideachd. "Wipers and
Mons and the old grey Somme, Took our lads and all are gone,
Tommy and Jock and old Fritz too, Said 'look no hands' as their
bodies flew." Ach b' ann sa Ghàidhlig a rinn mise an t-òran beag
agam fhèin ceart gu leòr. An aon òran a rinn mi a-riamh. Bu
chòir dhomh sheinn. 'S carson nach seinneadh, oir cò chluinneas
mi co-dhiù air an trèana seo, agus clogaidean beaga an cluasan
gach neach cheana, glacte nan saoghail fhèin?

Cha robh ann ach òran beag neochiontach, ach b' ann leam
fhèin a bha e, 's mar an altram thu an rud beag a tha agad, chan
altram thu sìon idir. Dè an aois a bha mi co-dhiù nuair a bhàsaich
mi, ach aois mo leanaibh nach robh agam riamh? Bha an t-òran
na chuimhne air latha bha mi a-muigh air Bràigh Thròndairnis
còmhla ri mo sheanair nuair a lorg sinn nead bheag le sia uighean
gorm innte. "Nead na h-uiseige," thuirt mo sheanair, nuair a
sgaoil e am feur gu faiceallach airson a shealltainn dhomh. Chaidh
mi air mo ghlùinean taobh na nid, agus shìos an sin faisg air na

h-uighean chithinn gun robh spotan beaga breac cuideachd am measg a' ghuirm. "Mar reultan air oidhche geamhraidh," thuirt mo sheanair rium, 's e sìneadh an fheòir air ais air muin na nid.

Bha na reultan a' priobadh os ar cionn an oidhche a rinn mi an t-òran. Ann an no-man's-land air choreigin eadar A' Bheilg agus An Fhraing: clàbair nach deach riamh urramachadh le ainm.

> *Tha mi seo sa chlàbair*
> *gun ainm aig duine beò,*
> *na reultan shuas a' deàrrsadh*
> *tron fhùdar is tron cheò.*
>
> *Na seilichean a' beucail,*
> *'s na sradagan dol suas,*
> *a h-uile duine 'g èigheach*
> *'s a' rànail na mo chluais.*
>
> *Is chì mi na mo chuimhne*
> *mo sheanair air a ghlùin,*
> *an nead cho beag 's cho bòidheach,*
> *na h-uighean gorm is grinn.*
>
> *Na sligean air an sprùilleadh,*
> *an t-àl a-nis gun nead;*
> *na reultan air an còmhdach,*
> *'s an saoghal air a chreach.*

Tha taghadh agad daonnan nuair a tha thu nad thaibhs mar mise. Fuireach socair, sàmhach, neo eagal a chur air daoine. Labhair

rud sam bith agus tha daoine a' clisgeadh. Fuirich sàmhach agus
tha h-uile nì ceart gu leòr, ach mu dheireadh thall gun tig thu às
do rian. Nad shuidh' an sin le comas gluasad a dh'àite sam bith
air feadh na h-iarmailt dìreach tro smuain a-mhàin, ach daonnan
faiceallach air eagal 's gun cuir thu dragh air duine.

"Boo!" Chan eil diog a' dol seachad nach eil mi smaointinn air.
"Boo!" Gu dearbha, sin an t-ainm a th' agam orm fhèin a-nis. Oir
dè an t-ainm eile a bhiodh orm? A dhol air ais chun an t-seann
ainm a bh' orm nuair a dh'fhalbh mi – Peadar Dhòmhnaill Iain
Shutharlanach? Peter Sutherland mar a thug an sgoil orm. Neo
Peadar Beag nan Clibean, mar a bh' ac orm, às dèidh mo sheanar,
Pàdraig Mòr, a bhiodh daonnan a' clubadh clòimh nan caorach
le 'clibean' mar a bh' aig air. Deamhais bheag iarainn a bha e
fhèin air a dhèanamh anns a' cheàrdaich a bha e air cur suas aig
ceann-a-deas an taighe. Deamhais a b' urrainn dhut pasgadh na
dà leth son a dhol a sporan an fhèilidh neo a-steach do phoca-
tòine na briogaise, nuair a dh'fhàs sin na b' fhasanta.

Ach co-dhiù, 's e Boo a th' agam orm fhèin. Chan e gu bheil
mi riamh a' dol "Boo" ri duine sam bith. O, bha e ceart gu leòr
aig an toiseach, nuair a bha e na annas dhomh, 's mi smaointinn
gun robh a leithid èibhinn. A' leum a-mach à clobhsaichean ann
an Glaschu air bodaich bhochda bha tilleadh às a' phub 's gan cur
à cochall an cridhe. Cha robh sìon aig Tam o Shanter ormsa! Ach
's mi dh'fhàs sgìth dheth: an one-trick-pony sin, mar nach robh
mìorbhail sam bith eile nam bheatha ach dìreach leum a-mach às
an dorchadas a' dol "Boo!"

Oir aon uair 's gun can thu 'Boo!" dè eile th' air fhàgail? "Boo!"
eile? Nach eil nas fhèarr na sin agam . . . mar a dh'fhàs mi suas
san Eilean, mar a thàinig a' chrìoch aig a' cheann thall, 's chan

ann tro na seilichean guineach ach anns an dubh-shàmhchair?
Ach innis thusa dhòmhsa ciamar a tha mi dol a dh'innis a h-uile
càil tha sin! Chan eil sìon a bharrachd comas agamsa aire neach
sam bith a ghlacadh na tha aig duine beò anns an t-seagh sin,
oir aon uair 's gun suidh mi rin taobh, nach eil iad uile an sin le
na fònaichean-làimhe gu aon chluais agus labhradair sa chluais
eile? Chan eil sìon a bharrachd teans' agamsa na th' aig duin' eile.

'S chan e a bharrachd gu bheil mi eireachdail ann an dòigh
sam bith, gun tàirnginn aire nighean bhòidhich sam bith oir
ged a dh'fhalbh lotan a' bhàis tha coltas aognaidh mì-fhallain
orm fhathast nach eil ro tharraingeach do dhuine sam bith.
Agus carson a bhitheadh, oir nach eil mi marbh? Chan e gu
bheil mòran dhaoine toirt an aire, mar sin. Oir nuair a shuidheas
mi sìos ri taobh cuideigin chan eil iad a' coimhead orm mar
sin ann, ach dìreach ag ràdh "Hi" no "Aidh" neo rudeigin aon-
bhriathrach, agus sin agaibh e.

Agus cha chreideadh sibh a bharrachd na daoine a bhios
a' gabhail chòmhraidhean mòra fada leam 's gun sìon a dh'fhios
ac' idir cò mì neo bheil mi beò neo marbh. Còmhraidhean fada
domhainn cuideachd mu phoileataigs is mu litreachas, mu
chreideamh 's mu spòrs, 's gun aon bheachd aca gu bheil am
fear ris a bheil iad a' bruidhinn neo ris a bheil iad ag èisteachd
fada seachad air na nithean sin uile. Uill, chun na h-ìre co-dhiù
a tha duine sam bith, beò neo marbh, seachad air na rudan sin.
Oir chan eil. A-bhos an seo anns an staid 's a bheil mise tha
cheart uimhir còmhraidh a' dol mu na nithean sin: mar a bha
cùisean; mar a bu chòir cùisean a bhith air a bhith; agus mar a
dh'fhaodadh cùisean a bhith.

Agus fhad 's tha mi air a' chuspair seo, tha cheart cho math dhomh cuideachd aon rud eile fhaighinn a-mach às an rathad aig toiseach tòiseachaidh: cha d'fhiach drabastachd a bharrachd. O, tha an comas ann ceart gu leòr: falbh tro uinneagan 's tro dhorsan 's tro bhallachan agus seasamh taobh maighdinn òig mhaisich fhad 's tha i ga rùsgadh fhèin son an amair neo son na leapa, 's (creid mi) tha seallaidhean fada nas drùiseil' na sin ann cuideachd, ach aon uair 's gum faic thu dà chìoch tha thu air am faicinn uile. Mar 'Boo!" fhèin tha "Ooh!" a cheart cho faoin falamh às dèidh ùine.

Mar sin, seo mi. Mar a tha mi, air an trèan seo eadar Obar Dheathain agus An Caol. A' tilleadh. A' tilleadh dhachaigh neo a' dol dhachaigh. Saoil a bheil diofar eadar na dhà? A' tilleadh 's a' dol. Tha mi a' dèanamh an dà chuid. A' tilleadh dhachaigh agus a' dol dhachaigh. Ge brith dè a tha dachaigh a' ciallachadh cuideachd. An dachaigh ud a dh'fhàg mi o chionn – hud, dè bh' ann a-nis? – ceud bliadhna? Neo an dachaigh – an làrach – an t-àite – a th' ann an-diugh?

'S tha sinn a' dol tro tunail an seo, mach beagan tuath air Kittybrewster. An Northern Hotel a' nochdadh taobh eile an tunail. Far am b' àbhaist Mart nam Beathaichean a bhith. O, cho ainmeil agus a bha na Fèillean! An t-seinn a rinn na balaich aig an àm:

> *There wis a jolly beggar*
> *An a-beggin he is gaen,*
> *An he took up his ludgins -*
> *A hoosie near Aiberdeen.*
> *He widna lie in barns*
> *Or oot intae the byre,*

But he wud mak his beddie
Alangside the kitchen fire,
Sayin, "We'll gang nae mair a-rovin
A-rovin in the nicht,
We'll gang nae mair a-rovin
The muin shines ne'er sae bricht".

Tha e annasach cuideachd, oir chan e gu bheil feum agamsa air trèan, mar sin. Chan eil agam ach smaointinn mu dheidhinn, agus bhithinn ann an Tròndairnis ann an diog. Chan eil tìm neo astar an seo, oir tha gach nì co-ionnan. Chan eil agam ach smaoineachadh air rud, agus tha mi ann. Sìona. An rionnag ris an can iad Regulus ann an galagsaidh Sextans. Bonn na mara. Tobair Mhoire. 'S tha mi gabhail òran beag dhomh fhèin: "Bheir mi sgrìob do Thobar Mhoire, far a bheil mo ghaol an comann; e ho hì iù ra bho o hi ù, e ho hao ri rì". Ach math 's gu bheil an leumadaich sin, 's an gluasad iongantach ann an diog-smuain bho Thobair Mhoire gu Sextans, tha e gun shusbaint cuideachd, 's mar sin, mar as fhaide bho thìr nam beò a tha mi gluasad 's ann as motha mo mhiann a bhith acraichte ann. Mar as luaithe a thèid agam gluasad tro thìm agus tro na galagsaidhean, 's ann as motha mo mhiann son nan rudan sìmplidh, a bheir cho fada 's a bhios daonnan a' briseadh sìos: busaichean is trèanaichean is aiseagan 's bogsaichean-fòn (a' bheag a th' air fhàgail dhiubh), agus clann nan daoine.

A! Sin e a-nis! Sin an rud a tha mi ag ionndrainn. Comann nan daoine. Cuideachd nam beò. Talla nam bàrd. Na daoine air a' bhus le srann. Na cailleachan len anail nan uchd a' ruith às dèidh na trèan. An leanabh beag a' rànail. An dithis òg a' pògadh fliuch anns an trannsa. Am bodach a' call a mhùin anns an taigh-bheag. Agus sin carson a tha mi a' diùltadh an smuain luath agus a' gabhail ri cuideachd slaodach nam beò. Sàraichte 's gu bheil e. Mall 's gu bheil iad ann an smuain agus ann an gnìomh.

Tha mi nam shuidhe taobh bodach air an trèana. Air mo bheulaibh tha nighean òg, mu aois 17, le fàinne na sròin. Tha i teagstadh. Tha balach òg mun aon aois ri taobh, ged nach eil ceangal sam bith eadar an dithis. An aois a bha mi fhìn a' chiad uair a thàinig mi air an trèan seo. Tha am bodach na chadal, a cheann a-nis a' tuiteam 's a' laighe air mo ghualainn.

Tha an nighean òg a' coimhead orm, agus a' coimhead air ais air na teagstan. A h-òrdagan a' dol aig astar. Gun choimhead, tha fhios 'am dè tha i a' sgrìobhadh. Cu@7,Fl. "Dyce," tha an duine ag ràdh. "The next stop is Dyce."

2

Deis is Inbhir Uaraidh

Port-adhair tha seo. Sin follaiseach gu leòr, ged nach robh aon phlèan an seo a' chiad turas. Bha sinn anns an trainnse. Feasgar brèagha samhraidh, agus stad sinn uile losgadh son beagan mhionaidean a' coimhead suas dha na speuran. Airships. Soitheach-adhair às dèidh soitheach-adhair a' dèanamh air an iar. Iongantach, a' coimhead air ais air – cha robh againn ach urchair a losgadh suas dha na speuran agus bhiodh iad air tuiteam, aon às dèidh aon, mar na cearcan-fraoich fhèin. Mar bhalùnaichean, ach bha iad cho brèagha. Cha smaoinicheadh tu air a leithid. Mar gun loisgeadh tu air iolaire neo air an eala bhàn fhèin. Rud a bha riamh caisgte.

Saoil carson? Tha mi cuimhneachadh air mo sheanair a-rithist, agus na rannan beaga a bha an còmhnaidh air a bhilean – An giomach, an rionnach, 's an ròn, trì seòid a' chuain; aiteamh na gaoithe tuatha, sneachd is reothadh anns an uair – ach cuideachd gnothaichean a bha na bu doimhne, coisrigeadh na h-àrainneachd. "A' chiad latha den Mhàirt leig seachad, an dara latha mas fheudar, 's an treasa latha, ged nach rachadh clach ceann a' mheòir an aghaidh na gaoithe tuatha, cuir an sìol anns a' Mhàirt." "Èist ri gaoth nam beann gus an tràigh na h-uisgeachan." "Geamhradh reòthtaineach, earrach ceòthaineach, samhradh breac-riabhach, is foghar geal grianach, cha do dh'fhàg gort riamh an Alba." "Tha currac air a' bheinn, siud an t-uisg a' tighinn."

A-muigh air a' phort-adhair tha plèana leth-charach mòr uaine ag èirigh dha na speuran. BMI sgrìobht' air a cliathaich. Cho fad 's a tha mi air a bhith beò! Is marbh! Fada gu leòr gus an saoghal fhaicinn a' tionndadh bho linn an deigh gu linn an teas. Cho fuar agus a bha na geamhraidhean! Tha cuimhn 'am aon latha sgeatadh air Loch Ròdhaig còmhla ri mo charaidean. Chan e gun robh sgeataichean ceart againn – dìreach sliseag dhen iarann a bha air seann trèisgeir air choreigin a fhuair sinn leth-bhàithte ann am boglach – ach cheangail sinn na sliseagan gu bonn na coise le sreang air choreigin, agus abair gun robh spòrs againn a' gabhail cothrom ma seach dol tarsainn an locha! Nam biodh na bodaich air sealladh fhaighinn oirnn nach sinn a bhiodh air an trod fhaighinn. Cluinnidh mi an guthan fhathast a' dol mun bhàthadh mhòr a bh' ann an 1867 nuair a chaidh Eairdsidh Mòr agus an teaghlach gu lèir a bhàthadh nuair a chaidh a' chairt aca fodha air an Loch Fhada. Ach fhuair sinn dheth leis, a' sgeatadh fad an fheasgair ann an cearclan coileanta gus an tàinig an ciaradh.

An àrainneachd. Nach àraidh cho ainmeil agus a tha am facal sin air fàs a-nis. Cha robh guth air nuair a bha mi beag – dìreach faclan cumanta a bha 's dòcha ciallachadh an aon rud, mar monadh is cùl-cinn is sliabh. "An crodh dubh air a' mhonadh sa mhadainn agus air na lianagan feasgar." "'S e 'n t-ullachadh nì 'm buileachadh, à treabhadh thig na sguaban, à sguaban thig na h-adagan, à adagan na cruachan." "Dùnan math innearach màthair na ciste-mine."

Ach tha iad ceart a bhith draghail. Chunnaic mi tro thìm, agus cha b' fheàirrde mi. Tha wallet agam nam phoca agus tha mi ga thoirt a-mach agus a' coimhead troimhe. Tha na trì cairtean fhathast sàbhailte. Còig notaichean £20, agus treallaich de dh'airgead-pronn. Tha fear a' tighinn ri troilidh agus tha am bodach rim thaobh a' dùsgadh agus a' ceannach botal beag uisge-bheatha agus poca criosps. Tha mi fhìn a' ceannach cupa teòclaid teth agus pìos. Chan eil an dithis òg ag iarraidh càil.

Fhad 's a tha mi ag òl na teòclaid tha mi a' coimhead tro na dealbhan a th' agam anns a' wallet. Mo mhàthair agus m' athair còmhla nan òige. Ise le ad bhrèagha iteagach agus esan le deise chlòimh shingilte, agus ad na làimh. Taobh a-muigh Chaisteal Dhùn Bheagain, an latha a chùm Sir Tormod latha fosgailte dhan t-sluagh. Dìthean (ròs tha mi smaointean) ann am filleadh còta mo mhàthar. Tha fhios gum biodh Leididh Euphemia air ròs a thoirt dha gach boireannach an latha ud bho ghàrradh nan ròsan, mar chuimhneachan. Dealbh cuideachd dhìom fhìn nuair bha mi mu sheachd bliadhna dh'aois, ag iasgach a-muigh air Loch Ròdhag còmhla rim sheanair. Tha cuimhn 'am fhathast air an latha a chaidh an dealbh a thogail – fear àrd bàn às an t-Suain a bha dol seachad le poca air a dhruim, a smèid oirnn o oir an locha. 'S mar a dh'iomair mi fhèin 's mo sheanair a-steach gu bruaich an locha an dùil gun robh e ann an èiginn air choreigin, ach an àite sin mar a bha e air bhoil 's a' toirt an uidheamachd àraidh a bha seo a-mach às a mhàileid, agus mar a dh'iarr e oirnn seasadh air a bheulaibh air beul na h-eathair ri taobh an locha fhad 's a chaidh e fhèin air falach fo chleòca fada dubh son grunn mhionaidean gus an deach lasair de sholas dheth os a chionn, agus an uair sin nochd e a-mach le sliseag pàipeir na làimh far am faca sinn a' mhìorbhail mhòr – sinn fhèin. "Well, well," thuirt mo sheanair, a' sìneadh na deilbh dhòmhsa. Agus tha an treas dealbh ann cuideachd – gille òg ann an èideadh nan Sìophortaich. Tha i air a dhol orains le aois.

Tha bodach an uisge-bheatha ann an deagh shunnd a-nis.

"Seadh," tha e 'g ràdh. "'S an tàinig thu fada an-diugh?"

Dè chanas mi? O shaoghal eile? O taobh thall na cruinne? "Dìreach às Obar Dheathain fhèin," tha mi a' freagairt. Agus airson dèanamh cinnteach gun creidinn fhèin sin, tha mi ga ràdh a-rithist, "Dìreach à Obar Dheathain fhèin." Tha fhios gu bheil e 'g iarraidh gu faighnich mise dha, "Agus cò às a thàinig thu fhèin?" ach mus faigh mi an cothrom a ràdh, tha esan ag ràdh, "Agus 'eil fhios agad cò às a thàinig mise? Tomhais!"

Fàileadh is coltas an uisge-bheatha air o mhullach a chinn gu shàilean.

"Chan eil fhios 'am," tha mi 'g ràdh ris. "Siuthad – innis dhomh!"

"Chan innis," ars' esan, le gàire beag, "gus an tomhais thu."

"Moscow?" thuirt mi ris. "Monymusk? Murmansk? Maybole? Marylebone? Margate?" Montrose? "Uh – uh. Chan eil e tòiseach-adh idir ri M. Feuch fear dhe na fuaimreagan."

"A," tha mi ag ràdh.

"Uh-uh," tha am bodach ag ràdh.

"E?"

"Uh-uh."

"I?"

"Uh-uh."

"O?"

"Uh-uh."

"U, ma-tà?"

"Ceart."

"Utah?" tha mi feuchainn, ach tha an uh-uh ud a' tighinn air ais thugam on bhodach. "Ulbha?" "Uh-uh." "Uruguaidh?" "Uh-uh." "Ulabul? Ullswater? Ulaidh? Ulverston? Upsala? Uzbek?"

Ach tha esan a' dol gun sgur, mar leanabh-sgoile, "Uh-uh, uh-uh, uh-uh, uh-uh, uh-uh, uh-uh."

"The next stop is Inverurie," tha an tanoidh a' gairm, ann am meadhan a' gheama, 's tha am bodach a' gluasad.

"Tha mi tighinn dheth an seo," tha e 'g ràdh. "Duilich." Tha e slaodadh seann bhaga donn a-nuas bhon sgeilp os ar cionn agus a' falbh leis sìos trannsa na trèana, agus a' dol a-mach an doras aig cùl na coidse. The e coiseachd seachad air an uinneig, agus anns an dol seachad a' bruthadh aodann suas faisg air an uinneig agus ag ràdh rudeigin tron uinneig, is gàire na shùilean. Tha fhios 'am on chumadh a rinn e gur e aon fhacal a bh' ann, agus gun robh e tòiseachadh le U. Uibhist a bh' ann.

3

Innis Mo Bheathain

Tha am fiosrachadh eileagtronaigeach aig mullach ceann na coidse a' leughadh mar seo: "The next stop is Insch . . . The next stop is Insch . . . The next stop is Insch . . ." Chan eil sgur idir air an fhiosrachadh, a tha a' ruith 's a' ruith tarsainn an sgrion. Insch, tha mi ag ràdh rium fhèin. Bhon fhacal Gàidhlig Innis, a' ciallachadh eilean neo pìos talmhainn caran torrach. Tha mi a' rùrach nam mhàileid, far a bheil an lap-top agam, agus tha mi ga thoirt a-mach agus ga chur air. *Google. Dwelly on-line.* Tha mi a' taipeadh a-steach am facal Innis 's tha an sgrion agam a' lìonadh: "Innis, innse, *pl* innsean *&* innseachan, *s. f.* Island. 2. Sheltered valley protected by a wood. 3. Field to graze cattle in. 4. Pasture, resting place for cattle. 5. Choice place – *Islay.* 6. Headland. 7. Haugh, riverside meadow. 8. In *Ross & Suthd* applied to a low-lying and sheltered place, where cows are gathered to be milked, and where they lie out at night. 9**Distress, misery. I. nam bò laoigh 's nam fiadh, *a resting-place for milch-cows and deer.*

Tha mi a' coimhead suas on sgrion agus a-mach air an uinneig, far a bheil an crodh ag ionaltradh anns na pàircean uaine. Anns na h-innsean, neo anns na h-innseachan. Jerseys a th' annta. Beathaichean fìor àlainn dubh is geal. Fallain is làn is reamhar. Sòghail is sultmhor a-mach à sanas airson ìm. Saoil cò bh' ann am Beathan? Tha cuimhn 'am air na fuadaichean. An latha a thàinig am bàillidh airson a' bhò mu dheireadh a bha air fhàgail sa bhaile. Bò mo sheanmhar. 'S mar a dh'fhalbh e leatha mar mhàl.

Tha an nighean le fàinne na sròin a' coimhead orm.

"Excuse me," tha i 'g ràdh. "Would you mind checking the FT Index for me? Forgot my own PC. Global Oil."

'S tha mi bruthadh na ceist a-steach agus ag innse dhi gu bheil a' phrìs aig 281. Suas ochd sgillinn bhon dè. Cha mhath dhomh innse dhi dè thachair às dèidh làimh. Nuair a' ruith an ola gu lèir a-mach agus . . . ach tha mi cumail smachd orm fhìn.

"Thanks," tha i 'g ràdh, 's a' tilleadh gu a cuid teagstadh.

Tha mi dùnadh suas an laptop agam. Chan eil feum agam air co-dhiù. Tha e dìreach airson sealladh – airson *show* a dhèanamh. Mar a tha h-uile rud eile mum thimcheall. Tha àm gu teagstadh 's àm gu bhith sàmhach. Tha mi a' coimhead a-mach air an uinneig a-rithist, a' faicinn mo leth-fhaileas a' sruthadh seachad anns an lòsan. Crodh de sheòrs' eile sa phàirc seo – feadhainn dhonn, a tha nas caoile. "Seachd bliadhna reamhrachd, agus seachd bliadhna de ghort," mar a thuirt Iòseph. Nan robh fhios aca! Mar a tha. Tha mi amharasach gu bheil mi coimhead an-fhoiseil dhan fheadhainn a tha timcheall orm, ma tha iad idir a' toirt an aire do rud sam bith. Aon mhionaid a' coimhead a-mach na h-uinneig, an ath mhionaid aig a' choimpiutair-uchd, an uairsin a-rithist a' coimhead a-mach na h-uinneige.

Tha pàipear-naidheachd na mo mhàileid, agus tha mi ga fhosgladh 's ga leughadh. An *Scotsman* a th' ann. Chan e naidheachd ach dealbh a th' air an duilleig-aghaidh. Dealbh de Bharrack Obama. Tha fhios, ge-tà, tha mi 'g ràdh rium fhèin, gum b' e an dealbh a bha daonnan na naidheachd. Tha mi faicinn Earl Haig an àite Obama. "Your country needs YOU!" thuirt e. Choinnich mi ris uair, ged nach bi cuimhn' aigesan air an sin. Air parade ann an York dìreach mus do dh'fhalbh sinn, agus 's e an aon rud a chuir iongnadh orm mu dheidhinn cho beag agus a bha e. Cho beag agus cho reamhar. A dh'innse na fìrinn, cha robh e ao-choltach ri Seumas Iain Ghibearlain a bha aon uair a' ruith na ceàrdaich ann an Càrabost. Fear beag dubh a bh' ann an Seumas le stais mhòr dhonn, agus bhiodh a chorrag-san daonnan cuideachd a' dol gun sgur nuair bhiodh rud aige ri ràdh.

"Tha mi 'g innse dhuibh," chanadh e, 's na sluganan a' dòrtadh à bheul, "chan ann dhan sgìre seo a bhuineas na daoine sin, ach do thìr-mòr. Nach tàinig a sheanair, Dùghall Mòr nan Othaisgean à Ceann Tàile an toiseach, agus nach ann à Ciseorn a thàinig an tè a phòs e, Floraidh Bheag Dhòmhnaill Uilleim 'Ic Iain?" Seumas Iain Ghibearlain a bhàsaich anns a' Ghearastan, an aon turas riamh a chaidh e dhan bhaile mhòr. Thuirt cuid gun do mharbh mèirleach air choreigin e, airson na briogais moleskin a bh' air.

Tha sinn a' ruighinn Insch, agus gun rabhadh sam bith tha an tè òg leis an fhàinne na sròin ag èirigh agus a' fàgail na trèana. Tha balach mun aon aois leatha ga coinneachadh air a' phlatform a-muigh agus tha iad a' pògadh agus a' ruith a-steach dhan taigh-sheinnse bheag a tha ri taobh an stèisein. Tha cuimhn 'am gun do sheas dòrlach againn a-staigh ann airson còig mionaidean air an rathad dhan Fhraing. Pinnt mòr leann aig gach fear againn air fear an taigh-òsta, aig an robh ceangal air choreigin ri na Gòrdanaich. Seòrsa de bhàthach bheag a bh' ann an uair sin, seach an àite geal a th' ann an-diugh.

Tha an trèan a' fàgail an stèisein agus am manadh eileag-tronaigeach os ar cionn air a dhuan atharrachadh. "The next stop is Huntly" aige a-nis, gun sgur. "The next stop is Huntly . . . The next stop is Huntly . . ." mar gun robh fhios aige cà 'n robh sinn a' dol, mar gun robh an taghadh cinnteach.

"Hunndaidh," tha mi ag ràdh rium fhìn, ge brith dè a tha am facal sin a' ciallachadh.

4

Hunndaidh

Morair Hunndaidh, the Marquis of Huntly. The 92nd Regiment, or Gordon Highlanders, was raised in 1794, and its first Commander was George, Marquis of Huntly, *Morair Hunndaidh*. In August, 1799, it embarked from Ramsgate for the Helder, as part of the expedition to Holland, and landed on 27th August. "No opposition was made to the landing, but the troops had scarcely formed on the ridge of sand hills, at a short distance from the beach, when the enemy made an attack, and persevered in it till five o' clock in the evening, when they retired after a hard contest. The 92nd, which formed part of Major-General Moore's brigade was not engaged; but in the great action of 2nd of October it had an active share, and displayed conduct so much to the satisfaction of General Moore, that, when he was made a Knight of the Bath, and obtained a grant of supporters for his armorial bearings, he took a soldier of the Gordon Highlanders, in full uniform, as one of these supporters, and a lion as the other". (S.H.)

Dh'fhàg iad sinne mar b' annsa
 Fo cheannardachd Mhorair Hunndaidh,
An t-òg smiorail, fearail, nàimhdeil,
 Nan teannadh ainneart gar n-ionnsaigh:
Le bhrataichean sìoda a' strannraich
 Rin cuid crann a' danns le mùiseig,
Is na fir a' togairt thun nam Frangach:
 B' iad mo rùn-s' a' chlann nach diùltadh.

Blàr na h-Òlaind, 's tha e cho furasta dhomh siubhal tro thìm 's faicinn an cuid gaisgeachd agus na h-urraman iongantach a chaidh a bhuileachadh orra mar dhuaisean. Battle Honours mar a their iad riutha: Mysore, Seringapatam, Egmont op Zee, Mandora, Corunna, Fuentes d'Onor, Alamaraz, Vittoria, Pyrenees, Nive, Orthes, Peninsula, Waterloo, South Africa 1835, Delhi 1857, Lucknow, Charasiah, Kabul 1879, Kandahar 1880, Afghanistan 1878-1880, Tel-el-Kebir, Egypt 1882, 1884 's mar sin air adhart sìos gu Dunkirk 1940, Somme 1940, St-Valery-en Caux, Odon, La Vie Crossing, Lower Maas, Venlo Pocket, Rhineland, Reichswald, Cleve, Goch, Rhine, North West Europe 1940, 1944-1945, El Alamein, Advance on Tripoli, Mareth, Medjez Plain, North Africa 1942-1943, Landing in Sicily, Sferro, Sicily 1943.

"Na balaich a dh'fhalbh 's nach do thill," mar a thuirt mo sheanmhair. "'S nas miosa buileach mi fhèin 's mo leithid a chaidh fhàgail, 's na h-àiteachan sin cho dlùth dhuinn 's a bha Druim an Fhuarain is Bidein na h-Iolaire fhèin. Smaoinich fhèin air Rubha na Cloich' Uaine far an deach na Leòdaich a sgrios, gun chlàr, gun chuimhne. Na dh'fhuiling iad."

Tha i air tòiseachadh air sileadh gu dubh, agus a-muigh tha Gleann Hunndaidh a-nis bogt' ann an ceò, 's tha mi tòiseachadh air seinn:

> So farewell ye banks of Sicily,
> fare ye weill ye valley an shaw,
> there's nae Jock will murn the kyles o ye,
> puir bliddy swaddies are wearie,
> the pipe is dozie, the pipie is fey,
> he wullnae come roun for his vino the day,
> the sky owre Messina is unco an gray,
> an aa the bricht chaumers are eerie.

'S tha mi tràladh ann an eadar-lìon m' inntinn gus ciall a dhèanamh dhen àite. Am buaireadh a tha ann cho tric siubhal tro thìm gus feuchainn air greimeachadh air a h-uile nì. Mar gun atharraicheadh i-player càil. Mar gun dèanadh e diofar rud fhaicinn a-rithist is a-rithist. Mar gun tuiginn e na b' fhèarr nan tilginn mi fhìn air ais dhan 17mh linn, can – mar a b' urrainn dhomh dhèanamh. Neo air adhart dhan 25mh linn, a tha cheart cho furasta. 'S dè dhèanainn an uair sin, nam sheasamh an sin mar ghlaoic, nam thaibhs, anns na h-amannan eadar-dhealaichte sin, gun aon chomas agam rud sam bith atharrachadh, oir tha iad dèanta mar-thà? Bha uair ann a sheas mi aig Cùl Lodair am meadhan a' bhlàir a' feuchainn ri innse dhaibh na thachair, 's cha do dh'èist aon duine rium. Chùm na Gàidheil orra a' ruith seachad orm a-steach dhan uisge 's dhan bhàs, 's chùm na freiceadairean dearga orra a' murt 's a' marbhadh, ged a sheas mi eadar iad fhèin agus an fheadhainn a bha air an leòn. Chaidh iad tromham mar ghaoith.

Agus tha an rud a tha fìrinneach dhan a' bheò a cheart cho fìrinneach mu na mairbh. Aithnichidh mi gu bheil a' cheist mhòr agad – a bheil nèamh agus ifrinn ann? Cho cinnteach agus a tha mi nam shuidhe an seo an-diugh, a' siubhal air an trèan seo eadar Obar Dheathain agus Caol Loch Aillse, tha. Chunna mi iad le mo shùilean fhèin. Nèamh cho brèagha ri Gleann Bhorghadail, agus ifrinn cho teth ri clobha Iain Ghibearlain. Chan eil cainnt agam a dh'innseas, oir cha deach a' chainnt sin a thoirt dhomh fhathast. Chan eil an cruthachadh neo a' chrìoch fhathast deiseil, agus mar sin chan urrainnear an sgeul innse. Is ann an ceann bliadhna a dh'innseas iasgair a thuiteamas. Eil thu smaointinn gur e dìreach briathrachas a bh' aig na daoine a thuirt "bliadhna agus latha?" Oir dè b' fhiach latha – neo gu dearbha dè a b' fhiach bliadhna fhèin – anns an t-sìthein? Ach bliadhna agus latha! A-nise, sin agad rud eile: an latha mòr. Latha a' Bhreitheanais. Latha an taghaidh. Latha tighinn neo fuireach neo falbh. Agus tha soillearachadh beag eile air tighinn thugam, dìreach an-dràsta fhèin – nach ann a' dol dhachaigh, neo a' tilleadh dhachaigh, a tha mi idir, ach a' tighinn dhachaigh.

Dè math dhomh seasamh suas san trèan seo, neo ann an àite sam bith eile, agus an fhìrinn a ghairm? Nan seasainn an seo, mu mhìle an ear air baile Hunndaidh 's gun canainn, "'S mise Peadar Sutharlanach, air èirigh bho na mairbh," cò mheud dhiubh a bhodraigeadh na i-pods a chur dheth airson mionaid, 's cò mheud dhen fheadhainn a dh'èisteadh rium nach canadh "Crank eile"? Oir nach eil gu leòr dhiubh air feadh an t-saoghail mhòir ag ràdh gu bheil iad a' creidsinn neo gum fac' iad siud, seo agus an ath rud? Nach robh fiù 's fear ann a chunnaic Weapons of Mass Destruction, mar a bh' aig' orra, agus a mharbh na ceudan mhìltean a' lorg an rud a bha na cheann? Cha toireadh iad aon smuain dhomh.

"Mas e taibhs a th' annad ciamar a tha sinn uile gad fhaicinn 's gad chluinntinn?" chanadh iad. "'S mas e taibhs ceart a th' annad innis dhuinn dè tha dol a thachairt a-màireach! Cò tha dol a bhuannachadh an 3.20 aig Epsom feasgar an-diugh? Agus am faca tu m' Antaidh Mabel thall an sin? Tè mhòr reamhar a bhàsaich an uiridh 's nach do dh'fhàg aon sgillinn ruadh agamsa na dìleab, ged a chuir mi na fichead bliadhna a b' fheàrr dhem bheatha seachad ga h-altram 's ga nursadh?"

'S ged a bheirinn dhaibh na freagairtean dè dhèanadh iad leotha? Botal fìon son an £20 a bhuinnig iad air an each. An toireadh iad maitheanas an uair sin do Mhabel bhochd a dh'òl na bh' aice gu dìomhair anns an taigh-bheag?

'S mar sin, mar ann an seann sgeulachdan nan sìthichean, chan eil agad ach mo sgeulachd-sa a ghabhail mar a thogras tu. Chan eil ann ach aon tionndadh dhe do sgeulachd fhèin co-dhiù. Can fhèin Seumas Alasdair, a bha fuireach ann am bothan beag ri taobh nan creag nuair a bha mi òg. Cha robh seachdain nach robh An Sluagh a' falbh ris gu ceàrnaidhean eile dhen t-saoghal. Agus aon uair thuirt e rium gun do shiubhail e air sop-feòir tarsainn a' Chuain Sgìth gu baile mòr a bha a' deàrrsadh fodha anns an dorchadas. "Chan eil mi cinnteach," ars esan, "an e Paris a bh' ann neo Lunnainn, ach gun robh tùr mòr iarainn laiste suas ann co-dhiù, a' dol timcheall gun sgur."

Nuair a thàinig na cathode rays dhan bhaile nach eil cuimhn' agaibh mar a chaidh Seasag Leacsaidh à cochall a cridhe? Nach cuala sibh uile na sgeulachdan? Mar a chòmhdaich a' chailleach Leòdhasach an telebhisean le cuibhrig, feuch 's an sguireadh bodach a' bhogsa coimhead oirre. Ach an sguireadh! Cha sguireadh na, ga leantainn a latha 's a dh'oidhche, a-mach dhan bhàthaich, sìos chun a' chladaich, fiù 's dhan choinneimh air an t-Sàbaid. Aon mhionaid bhiodh i an sin an làthair an Tighearna fhèin air Beinn Shioin, agus an ath rud cò a nochdadh ach esan – Dixon of Dock Green air fhiaradh a-mach às a' cheò. E fhèin agus a chuid "Evenin' all". Thalla bhuam a Shàtain thusa. Agus sin cuideachd mus tàinig na Sat Navs agus na GPSs agus na MPTs a dh'innseas dhan t-saoghal mhòr cà'il thu dèanamh do dhileig.

Agus dè mu mo nàdar? Sin ceist eile bhios a' cur dragh air feadhainn. Eil sgiathan agad? Eil thu faireachdainn rudan? Eil bod agad, 's an fheum thu dhol dhan taigh-bheag, 's an tuig thu a h-uile cànan air an t-saoghal, 's am bi thu fàs sgìth, 's an fheum thu cadal 's ithe, 's a bheil leannan, neo fiù 's miann leannain, agad thall an sin? A cheart cho math faighneachd dhomh a bheil semi-detached agam neo bungalow, cruit neo oighreachd. Chan eil gin dhe na rudan sin a' buntainn ri spiorad. Tha mi mar a' ghaoith fhèin, gun toiseach, gun cheann. Sèididh a' ghaoth far an àill leatha, agus tha thu a' cluinntinn a fuaim, ach chan eil fhios agad cò às a tha i a' teachd, no càit a bheil i a' dol. Mar sin leamsa.

Chan e aingeal tuiteamach a th' annam a bharrachd. Chan eil mi ann am Purgadair sam bith (fhad 's as fiosrach mi, oir aon nì cinnteach, chan eil mi uile-fhiosrachail) airson mo pheacaidhean, fhad 's as aithne dhomh. Chan aithne dhomh a bharrachd a bheil mi ann an staid chaillte, mar gum bitheadh, gu sìorraidh a' luasganach eadar talamh is nèamh, a' sireadh rudeigin nach d' fhuair mi neo a chaill mi. Chan eil mi, fhad 's as aithne dhomh, mar na bòcain a bhiodh iad a' bruidhinn air a bhiodh iad a' faicinn a-muigh air na rathaidean mòra agus a rachadh an uair sin à sealladh sìorraidh aon uair 's gun deach an ceist a fhreagairt, neo aon uair 's gun deach uisge-coisrigte a chrathadh orra. Chan e manadh Mhic Mhaighstir Alasdair a th' annam a' sìor choiseachd tro Uibhist, a' sireadh anam. Tha mi mar a bha mi ach nas sine, gun aois. Chaidh mìorbhail a bhuileachadh orm: am bàs fhulang gus am mealainn beatha, annasach agus coimheach 's gu bheil e, gu h-àraidh an seo air taobh sear an t-saoghail far a bheil mi nam shrainnsear a dh'aindeoin gach fiosrachadh a fhuair mi, a dh'aindeoin gach rannsachadh a rinn mi, agus a dh'aindeoin gach oidhirp a nì mi. Tha ifrinn fuar ann cho math le teth.

Tha sinn air Stèisean Hunndaidh a ruighinn, far an robh Sìleas na Ceapaich uaireigin le each is gige, ma chreideas tu na sgoilearan.

5

Baile Cheith

Bha e riamh doirbh dhomh Cè a thoirt air Keith bhon àm a choinnich mi ri Keith Douglas anns an fhàsach. Mura b' e na chunna mi sna trainnsichean cha bhiodh an aghaidh orm àite cho coisrigte ri El Alamein ainmeachadh, ach sin far an d' fhuair mi eòlas air, eadar Sùg el-Chemais agus Bior Haichem.

Duine sèimh a bh' ann, a bu chòir a bhith anns an lios ud a tha beagan tuath air taigh-mhòr Ratharsair 's chan ann am measg nan cuileagan an ceann-a-tuath Afraga, ged a chanas cuid gur ann a-mach às a' chuan a thèid a' mhuc-mhara fhèin a dhearbhadh. Latha brùideil teth a bh' ann, 's a' ghrian na ball-teine anns na speuran. Bha e fo chanabhas ann an cùl làraidh leis fhèin, agus tha fhios gur e dìreach gun robh e na laighe an sin a' dèanamh dhealbhan a thug orm stad.

Bha e 22 bliadhna dh'aois aig an àm, agus mise a dhà uimhir. Leig e orm coimhead air a dhealbh airson ùine 's an uair sin thuirt e, "Am bi thu fhèin a' dealbhachadh?"

"Cha bhi," thuirt mi ris. "Cha do ràinig mi aois fhathast."

Rinn e gàire, 's thuirt e, "Cha bhi aois ann."

"Bhiodh na bodaich," thuirt mi ris, "ag ràdh nach robh ann ach aon dealbh, 's nach b' urrainn dhut an dealbh a dhèanamh gun ùrnaigh." An turas seo cha do rinn e gàire sam bith. "Tha mi smaointinn," thuirt mi an uair sin, "gun robh iad a' ciallachadh gum biodh iad a' peantadh le briathran, agus nach ann le bruis neo peansail."

Shìn e an uair sin dhomh pìos pàipeir air an robh seo sgrìobhte:

> *Remember me when I am dead*
> *and simplify me when I am dead.*
>
> *As the processes of earth*
> *strip off the colour of the skin:*
> *take the brown hair and blue eye*
>
> *and leave me simpler than at birth,*
> *when hairless I came howling in*
> *as the moon entered the cold sky.*
>
> *Of my skeleton perhaps,*
> *so stripped, a learned man will say*
> *'He was of such a type and intelligence,' no more.*
>
> *Thus when in a year collapse*
> *particular memories, you may*
> *deduce, from the long pain I bore*

the opinions I held, who was my foe
and what I left, even my appearance
but incidents will be no guide.

Time's wrong-way telescope will show
a minute man ten years hence
and by distance simplified.

Through that lens see if I seem
substance or nothing: of the world
deserving mention or charitable oblivion,

not by momentary spleen
or love into decision hurled,
leisurely arrive at an opinion.

Remember me when I am dead
and simplify me when I am dead.

"Tha thu gam aithneachadh?" thuirt mi ris.

"O, tha," thuirt esan. "Dh'aithnich mi thu fad às, 's tu gun fhaileas sam bith fon ghrèin." An turas seo b' e mise rinn an gàire. "Dh'fhaodadh grunn adhbharan a bhith air a shon sin."

"Dh'fhaodadh," thuirt e. "Ach cha d'fhiach ach an aon adhbhar." Chùm e air a' dealbhachadh. "Carson a thàinig thu?" dh'fhaighnich e dhomh. "Tha mi ciallachadh an seo, aig an àm seo. Dhe gach àite fon ghrèin a dh'fhaodadh tu dhol?"

"Airson an aon adhbhar 's a thàinig thu fhèin," thuirt mi ris, agus a-rithist rinn e an gàire sèimh, brèagha aige.

"Innis dhomh mu na dealbhan sin," thuirt e an uair sin. "Na dealbhan a bhiodh do dhaoine a' dèanamh."

"Na h-ùrnaighean, tha thu ciallachadh?" thuirt mise.

"Seadh," thuirt esan. "Seadh."

"Well," thuirt mise.

"Well?"

"Well – cuir mar seo e. Bhon nach robh canabhas aca, chleachd iad an t-sìorraidheachd mar chanabhas."

"Tha thu ciallachadh," thuirt esan, "gun robh Botticelli is Michelangelo is Turner agaibh, ach gun robh iad ag ùrnaigh an àite peantadh?"

"Tha mi a' ciallachadh," thuirt mise, "nach fhaca sùil 's nach cuala cluas 's nach tàinig ann an cridhe duine na nithean a dh'ullaich gràdh."

"'S an e gràdh tha seo?" dh'fhaighnich e, a' coimhead timcheall.

"Pàirt dheth," fhreagair mi.

"'S an robh e cho dona agus a bha Isaac is Wilf ag ràdh?"

"Bha. Na bu mhiosa – tha fhios agad fhèin air an sin. Chan eil briathran againn. Mar a thuirt thu – 'simplify me'. Fhad 's a tha sinn beò, 's chan ann dìreach marbh." 'S rinn e an gàire sèimh a-rithist a dh'fhàg mi mar a tha mi an-diugh, seach mar a bha mi an uair sin.

Tha am bòrd mòr fiodh taobh muigh na h-uinneig ag ràdh Keith. Agus airson tiotan smaoinich mi air Keith eile, agus cho eadar-dhealaichte agus a bhiodh m' eachdraidh nam bithinn air a dhol ga fhaicinn-sa an àite a' bhàird. Keith Richards, tha mi a' ciallachadh, bho na Rolling Stones, agus mar a dhùisg an othail mhòr mi ann an Lunnainn ann an 1965, agus ged a sheas mi ùine mhòr a' feuchainn ri tiogaid a cheannach taobh a-muigh Wembley Stadium, cha robh aon rim faotainn. Tha beagan aithreachais orm nach do chleachd mi mo sgiathan an uair sin son itealachadh a-steach, oir cò aig tha fhios nach biodh rock-an'-roll air m' fhàgail nas deiseile son nan linntean a thàinig. Chan e, tuigidh sibh, nach d' fhuair mi eòlas air na rudan sin. Nach robh mi aig Woodstock, rùisgte còmhla le càch anns a' pholl, agus nach do smoc mi mo chuibhreann de hash is eile nuair a bha sin san làn fhasan? Dh'ionnsaich e seo dhomh ge-tà: gu bheil ceò canabas fada nas fheàrr na ceò nam bomaichean, agus chun na h-ìre sin gun robh na Beatles ceart, mar a dh'aidich Einstein fhèin.

O, agus fhad 's tha mi aige, dìreach mus fàg sinn Stèisean Bhaile Cheith: an robh fhios agaibh gu bheil *The Chronicles of Keith*, a chaidh a chruinneachadh anns an 19mh linn, ag innse dhuinn gum b' e 'Kethmalruff' an t-ainm a bh' air Cè an toiseach. Bhon t-seann fhacal Ceilteach 'Ceto' a' ciallachadh coille, agus Maol Rubha, an naomh Èireannach. Coille Maol-Rubha ma-thà, Keith Richards neo Keith Douglas ann neo às.

6

Eilginn

Cho goirid agus a tha ar cuimhne. Chaidh mi dhan taigh-bheag ann an trannsa na trèana an ceartuair agus air an rathad seachad chuala mi co-dhiù triùir ag ràdh "Elgin" agus "Arlene Fraser". Murt a' comharrachadh baile, dìreach mar a smaoinicheas sinn air Napoleon nuair a chluinneas sinn Elba neo air Nelson Mandela nuair a chluinneas sinn Robin Island.

Eilginn. *Elg* or *Ealg* has gen. *Ellga* (LL 45 a 42, 81 b 41) or *Eilgi* (LL 377 b 16); dat *Eilgg* (LL 49 b 44); Shamhlaich Kuno Meyer *Druimm nElgga* anns a' Mhumha (LL 198 b 4) le *Druimm nAlban* (Zur kelt. Workunde, no 42). A rèir aon sgoileir, tha e a' ciallachadh 'muc' ged tha cuid eile ag ràdh gu bheil e ciallachadh 'uasal'. Tha am facal a' nochdadh again ann an sgìre air taobh siar Siorrachd Inbhir Nis as aithne dhuinn mar *Gleann Eilge*, Glenelg. Tha e air innse dhòmhsa ge-tà gum b' e dìreach Eilg fhèin a bha aig na seann daoine air an sgìre, agus gum b' e Gleann Eilge dìreach an rud a tha e ag ràdh: gleann an Eilge.

Tha seo air a dhearbhadh le na filidhean 's na bàird, far am faic sinn abairtean mar *iath Eilge*, a' ciallachadh 'sgìre Eilge'; *fear finn Eilge*, a' ciallachadh tighearna Eilge bhòidheach. Tha beinn air na crìochan eadar paraiste Ghlinn Eilg agus Gleann Seile ann an Siorrachd Rois air ainmeachadh mar *An Cruachan Eilgeach*, 'the Rick of Eilg'. Canaidh na seann daoine ge-tà *Eilginneach* ri fear à Gleann Eilge, air a dhèanamh suas 's dòcha bho na faclan *deilginneach*, a' ciallachadh 'shingles' ann am Beurla, bhon bhun-fhacal *dealg*, a prickle, a tha ceangailte ris an fhacal *deilgneach*, prickly. Tha am facal 'glenengenie' a tha a' nochdadh ann an clàr MhicDhonnchaidh, annasach ma tha e fìrinneach.

Mo chreach! Càit idir an d' fhuair an sgoilear beag seo a chuid fhiosrachaidh. Eanchainn aige nas doimhne na an Atlantaig agus nas farsainge na Sliabh na Mòine a tha a' ruith eadar Tròndairnis agus Torra Mhìcheig. O, nam biodh sinn air èisteachd riutha ceart cho foghlamaichte 's a bhitheamaid! Ged a bha iad uile ga innse dhuinn ann am Beurla, agus an tàir a th' agamsa gach nì mòr a tha e ag ràdh a chur na mo chànain fhèin! A' marbhadh na cànain fhad 's a bha iad ga mìneachadh.

Eilginn, Elgin, has been explained by Kuno Meyer as for *Eilgín*, 'Little Ireland', a diminutive from Elg. This explanation is made the more attractive by the fact that a certain quarter of Elgin, and by no means a recent one, is actually called 'Little Ireland.' The difficulty is that the diminutive in -*ín*, which is common in Irish, is rare with us, and when it does occur – as in *cailin*, a girl – it does not usually double the final consonant. *Eilginn* looks like a locative case, and it may have been formed on the analogy of *Éirinn* and *Albainn*, which are themselves formed on the analogy of *Mumhain(n)*, Munster. Eilgin used to be called in

Gaelic *Eilginn Muireibh*, 'Elgin of Moray', to distinguish it from some other place of like name, probably Elg of Glenelg.

Tha sinn a' dol seachad air Tescos aig oir a' bhaile. "Seadh Uilleim," tha mi ag ràdh ris, "'s an e sin do bheachd fhathast?" Fear beag tiugh a th' ann le stais na sgoilearachd a' glasadh beagan.

"Tha e mar a bha," tha e ag ràdh. "Tescos ann neo às."

" 'S cò às a thàinig am facal sin fhèin?" tha mi a' faighneachd dha, 's tha fiamh a' ghàire a' tighinn air aodann.

"Tescos! Ah – sin agad a-nis facal," tha e ag ràdh. "A' tighinn às a' bhunait Chuimreach *'tes'* bhon fhìor-bhunait *'des'*, a bha na cholamadh eadar seann Ghearmailtis *'das'* agus sgiath dhen chànan Francach *'dos'*, a' ciallachadh cnàimh-sliasaid na circe-brice, a bhiodh na treubhan sin a' cleachdadh mar mheadhan-malairt anns na seann aoisean. Tha cuid ag ràdh gu bheil am pìos mu dheireadh dhen fhacal *'cos'* dìreach a' tighinn bhon fhacal làitheil a th' againn mar *'cas'* son *'foot'*, a' comharrachadh cas na circe-brice a bha, a rèir rannsachadh nan arc-eòlaich ann an dùnain na h-ama, air a chleachdadh mar ìre-òir an latha, mar gum bitheadh. Mar sin, tha 'Tescos' a' ciallachadh 'cnàimh-sliasaid cas-cheum chrùbach na circe brice chalpa'."

Bha cailleach còmhdaichte ann an grìogagan na suidhe air suidheachan 27 dìreach thall bhuainn san trannsa.

"Na dìochuimhnichibh na h-Elgin Marbles," thuirt ise rinn. "Sin a-nist an rud a dh'fhàg Eilginn air clàr an t-saoghail."

'S air sin a ràdh thog i i fhèin bhon an t-sèithear mar bhanrigh, sguab i a cuid ghrìogagan às a dèidh agus aon uair 's gun do stad an trèan aig Stèisean Eilginn, a-mach leatha gun aon sealladh às a dèidh. 'S chan eil sìon a dh'fhios 'am an robh ceangal sam bith aig MacBhàtair rithe, (tha amharas agam nach robh), ach dìreach mus do dhùin na dorsan 's ann a leum e fhèin suas bhon t-sèithear anns an robh e, le ultach leabhraichean fo gach achlais, agus a-mach leis-san cuideachd, le aon chruinn-leum a dh'Eilginn.

7

An Sgrùdaire

B'ann an uair sin a nochd inspeactor nan tiogaidean nar lùib, mar fhear-crathaidh nan uisgeachan. Fear beag le falt dubh agus baga dubh thairis aon ghualainn agus peann is pàipear na làimh. Bha mise nam shuidhe mu leitheach-slighe shìos an coidse, 's chùm mi deagh shùil air fhad 's a choimhead e air tiogaid gach neach air bòrd.

Bha dòigh gu math faicealach agus mionaideach aige mu chuid obrach. Bha ad bhiorach air agus èideadh gorm-dorcha Scotrail, le bràiste beag le bratach na h-Alba air pòcaid-neapraig na seacaid. Thug e mach speuclairean trendy le casan tana dearg agus chuir e iad sin air mus do rinn e car. An uair sin ghabh e tiogaid gach neach, gan tionndadh an taobh ud 's an taobh seo gu cùramach mus do sgrìobh e rudeigin anns an notebook a bha na làimh.

Stad e dà thuras airson ùine fhada, an toiseach a' ceasnachadh boireannach òg bàn a bha leughadh rudeigin, agus an uair sin a' ceasnachadh seann duine a bha feuchainn ri rudeigin a sgrìobhadh ann an rud a bha gu math coltach, bhon astar aig an robh mise, ri jotter-sgoile. Às dèidh ùine coimhead air sgrìobhadh a' bhodaich, rinn an dithis aca gàire, agus chrath an inspeactor làmh a' bhodaich gu dùrachdach.

Nuair thàinig e faisg orm, dh'fhaighnich e an toiseach dhomh an robh fianais ballrachd na pàrtaidh agam.

"Dè tha thu a' ciallachadh?" dh'fhaighnich mi dha, gu dìreach.

"Ballrachd nan Nàiseantach," fhreagair e, sa bhad. "A bheil thu nad bhall dhen SNP?"

"Chan eil," thuirt mi ris. "'S a bheil e dèanamh diofar?"

"Dìreach gum faigh thu 20% dhen fharadh," thuirt e. "Sin an aon diofar a tha e dèanamh. 'S a bheil do thiogaid agad?" Sheall mi an tiogaid dha, agus ghabh e na dhà làimh i, a' coimhead oirre.

"Seann tiogaid tha seo," thuirt e an uair sin. "Tha i a-mach à deit. Cà' 'n d' fhuair thu i, co-dhiù?"

"Chaidh a ceannach dhomh," thuirt mi ris. "Aig an stèisean ann an Caol Loch Aillse. Open return a bh' ann."

Shuidh e sìos rim thaobh, a' fosgladh an notebook. "Ainm?" dh'fhaighnich e.

"Peadar," thuirt mi. "Peadar Sutharlanach."

"Aois? D.O.B?"

"Os cionn sia-deug. Gheibh thu dhan Arm aig sia-deug." Thug e sùil orm, agus sgrìobh e "Inbheach" anns an leabhran aige.

"Àite fuirich?"

"An t-Eilean Sgitheanach," fhreagair mi.

"'S càil do cheann-uidhe? An Caol, an e?"

"Chan e buileach," thuirt mise. "Ach stadaidh mi an sin ceart gu leòr."

Bhrùth e an cunntasair beag a bha na làimh. "£35 ma-thà."

Thug mi mach dà fhichead not às an sporan 's thug e tiogaid agus còig notaichean air ais dhomh. Ach cha do ghluais e.

"A-nis," thuirt e, a' toirt a speuclairean dheth, 's a' cur a' pheann 's am pàipear air falbh. "Innis dhomh fàth do thurais."

Carson, thuirt mi rium fhìn. Carson a shuidhinn-sa an seo a dh'innse dhutsa rud sam bith, a bhalgair.

"Carson?" dh'fhaighnich mi dha.

"O chionns gur mise fear-sgrùdaidh a' chultair. Fear-cachaileith a' bhaile. Am fear air nach tig sìon seachad. Am fear a tha toirt cead do dhuine dol a-steach dhan bhaile, agus am fear as urrainn cuideachd bacadh a chur air duine sam bith."

"Is cò," dh'fhaighnich mi dha, "a thug an cead 's an cumhachd seo dhutsa?"

"Mì fhìn," thuirt e. "Le ùghdarras is taic an Oilthigh." Rinn mi lachan gàire.

"Thalla 's cac," thuirt mi ris. "'S taigh na croiche dhan Oilthigh. Itheadh iad am buachar fhèin."

"Cha dèan cainnt mar sin feum sam bith dhut," thuirt e gu socair, cinnteach. "Na bi mar gille beag a-nis. Cha chuir do bheachd-sa a' chùis suas neo sìos, a-null neo nall. Mar sin, a Pheadair, dè fàth do thurais?"

Uill, ma bha am balgair ga iarraidh gheobhadh e. "'S e fàth mo thurais," arsa mise, "saorsa. Nach eil fhios agad gu bheil mi marbh 's gur ann dìreach ri taibhs a tha thu a' bruidhinn? Ri fear air nach eil grèim sam bith aig an t-saoghal seo? Ri fear nach do thuig do leithid-sa riamh nuair a bha mi beò, agus nach tuig a bharrachd a-nis is mi marbh."

"Nach tu tha feargach, crosta," thuirt e. "An cual thu riamh mu dheidhinn 'anger therapy'?" Cha mhòr nach tug mi dha e sa pheircill, ach chùm mi smachd orm fhìn.

Choimhead e orm gun fhaireachdainn. "Tha thu sgrìobhadh leabhar?" thuirt e.

"Chan eil," fhreagair mi. "Tha mi dèanamh nobhail."

Rinn e gàire. "An e sin a chanas tu ris? 'S cò mu dheidhinn a tha e? Thu fhèin? Dè an stoidhle anns a bheil e? A bheil sìon ùr mu dheidhinn? A bheil e cumail ris an traidisean, neo bheil e ùr-nodhach? An e sgeulachd a th' ann, neo dìreach an fhèin-aithne àbhaisteach? Sruth-mothachaidh a rinn feadhainn eile nas fheàrr cheana? Joyce is Iain, mar eisimpleir. Stoidhle colbhaiche an e? An aithne dhut an diofar eadar litreachas is naidheachdas? Eadar nobhail is colbh? Eh? A bheil boireannaich sam bith a' nochdadh ann? Eil thu cinnteach gu bheil thu gan tuigsinn ceart? Nach eil fhios agad cò mì? Fear-glèidhidh litreachais – sin mise. Cumail sùil air a h-uile rud a tha daoine sgrìobhadh. A' dèanamh lèirmheasan orra. Gam moladh 's gan càineadh. Gan cur ann an òrdugh: ann an clàr bho thoiseach gu deireadh. Bhon *Dùn Aluinn* aig MacCarmaig gu *Dìomhanas* Fhionnlaigh. A' coimeas aon ri aon, a' beannachadh 's a' mallachadh. 'S tha mi a cheart cho math air bàrdachd – bho neach sam bith ann an linn sam bith, bho sheann Ghaeilge gu post-modernism, bheir mi dhut crit air. 'S na fàg às na sìthichean: ma tha thu ag iarraidh mìneachadh air *motif* sam bith, air na bha gruagaichean is tàchairean is manaidhean is biorain suain a' samhlachadh, 's mise do dhuine. Chan eil agad ach faighneachd. Còdaichean a bh' annta son a h-uile nì a tha an-diugh a' dòrtadh à sìthein na telebhisein 's à uamh a' choimpiutair – fearas-feise, murt, feise-teaghlaich, goid is miann is eud is briseadh-cridhe. 'S na dèan do sheann mhearachd fhad 's a tha mi aige – na measgaich aithris ri sgeul, do bheachd fhèin le ficsean. Fiù 's ged tha fhios agam gur e ficsean a th' anns a h-uile nì, 's gum b' e measgachadh mar sin cuideachd a bha anns na seann sgeulan. Oir dè th' ann am ficsean co-dhiù? Sgeulachd, neo ùr-sgeul, neo dìreach dòigh gach nì a th' ann a làimhseachadh?"

Sheas e suas. "Seall air an trèana seo fhèin," thuirt e. "Cò a chanas dè as cudromaiche – an einnsean, an dràibhear, an coimpiutair a tha gar stiùireadh, an clàr-ama, na rèilichean fhèin, an luchd-siubhail, an clàr-bidhe, na taighean-beaga, na tiogaidean, an stèisean a dh'fhàg sinn, an ath stèisean?" Shìn e mach a làmhan a' comharrachadh nach robh fhios aige, gur e ceist fhosgailte bh' ann. "Co-dhiù," thuirt e, "chan eil ùin' agamsa seasamh an seo fad an latha a' meòrachadh air na nithean sin. Tha obair agam ri dhèanamh." Thug e a-mach uaireadair-làimhe brèagha òr à pòcaid-achlais na peiteig.

"Clàr-ama ri chumail suas. Tiogaidean ri reic. Tiogaidean ri stampadh. Dèanamh cinnteach gu bheil nithean mar bu chòir. Cumail sùil air rudan." Agus dh'fhalbh e sìos trannsa na trèana, leis an t-soidhne a bha nochdadh a-muigh ag ràdh Forres, neo mar a chanas sinn sa Ghàidhlig, Farrais.

8

Farrais

Bha an seinneadair ainmeil Iseabail NicAsgaill uaireigin a' fuireach ann am Farrais. Guth aice mar an fhairge air madainn earraich. An seòrsa fairge a ghiùlaineas a-steach gach culaidh anns a' chuan, ach aig an dearbh àm a tha a' suathadh agus a' siabadh air a' ghainmhich cho mìn ri sìoda.

Cho garbh agus a bha na guthan seinn nuair a bha mi a' fàs suas ann an Tròndairnis! An-dràsta 's a-rithist nuair a bhitheamaid a-muigh a' cur 's a' buain dh'fhosgladh mo sheanair amhaich dìreach mar an ràcan agus thigeadh am fuaim ròcanach raspach a bha seo a-mach, mar gun robh thu a' draghadh seann eathar thar a' ghreimheil. Ach, a dhuine, na faclan a thigeadh a-mach! Ged a bha an guth gun cheòl, bha na briathran fhèin mar mhil a' sileadh à nèamh. Briathran nas sine na an Cuiltheann fhèin, nas righne na na creagan, ach nas sùblaichte na stuaghan àrda na mara. Na gaisgich uile a' nochdadh ann an coille nam briathran – Fionn is Diarmad is Oscar is Daorghlas, ach cuideachd feadhainn air nach cuala mi riamh an àite sam bith eile ach nam bhaile fhèin, Bealag Bheag a' Bhuntàta, Raghnall Òg nan Casan Caola, Dolina nan Daolagan agus Fionnlagh nam Maragan Mòra.

Tha na rannan agam fhathast cuideachd, oir an rud a chluinneas tu nad òige, cha dìochuimhnich thu a mhaireann e:

Bealag Bheag a' Bhuntàta,
Dh'itheadh i gach nì san àite,
Càl is curranan le gràpa,
Gus mu dheireadh rinn i sgàineadh.

Raghnall Òg nan Casan Caola,
Ceann cho maol air le buntàta,
Nuair a ruitheadh e dhan phàirce,
Chan fhaiceadh tu ach bonn a shàilean.

Dolina nan Daolagan,
Am fear a phòs i bha e àraid -
Seumas Mòr nam Faoileagan,
A phòg aig ceann a' ghàrraidh.

Fionnlagh nam Maragan Mòra,
Chaidh e gu muir ann am bara
Thill e le dà mhuc-mhara,
Fear dha fhèin 's fear dha charaid.

O, tha an fheadhainn mhòr agam cuideachd, 's iad a tha:

> Latha dhan Fhinn am Beinn Ionghnaidh
> An Fhinn uile 's na fir cholgharr'
> Chuir iad Caoilt, air luas a chas
> Romhpa dhèanamh a' rothaid . . .

Agus is iad a bha feumail dhomh nuair a thàinig a' chàs. Oir tha latha ann gu Bealag Bheag a' Bhuntàta, agus latha ann dhan Fhinn am Beinn Ionghnaidh. 'S dè latha a th' ann a-nis? Tha mi a' seasamh suas om shuidheachan airson a' chiad turas agus a' coiseachd sìos tron trèana 's a' coimhead a-mach air an uinneig eadar dà charaids. Eil cuimhn agaibh air na làithean nuair a rachadh agad air uinneagan na trèana fhosgladh thu fhèin, agus a' ghaoth fhaireachdainn air do ghàirdean neo air d' aodann? Dh'fhalbh na làithean sin, agus a h-uile nì le central-locking. 'S eil cuimhn' agaibh cuideachd air na seann chompartments a bh' ann, triùir air an taobh seo, agus triùir eile air an taobh thall? A liuthad uair a shuidh mi air an trèan eadar Glaschu agus an t-Òban, le Iain Crichton Smith na shuidhe a' leughadh am measg an triùir air an taobh thall. Glaschu fhèin, agus an uair sin Westerton, far an robh Alf Tupper a' fuireach, agus Dalmuir 's Dun Bhreatainn 's Bail' Eilidh 's Ceann Loch Gheàrr 's Arrocher 's an Tairbeart 's Ardlui, far an do dh'òl mi mo chiad chrogan leann, 's A' Chrìon Làraich far am faigheadh tu tì anns a' chafe, agus Taigh an Droma agus Dail Mhàillidh, far an robh an cèilidh mòr, agus Loch Obha far an deach Clann Chaimbeul a mhurt, 's Cruachan far a bheil an dam far an robh a' bheinn, 's Taigh an Uillt far a bheil Iain a-nis air a thìodhlaigeadh, 's Conghail na Drochaid agus mu dheireadh thall an t-Òban Latharnach fhèin, agus gach duine a tha coiseachd nan sràid an sin, eadar Dòmhnall Beag agus Dan Mòr.

A-mach tron uinneig tha mi coimhead air achaidhean mòra uaine nan tuathanach eadar Farrais agus Inbhir Narann. Far an robh arbhar is coirce is feur nuair a dh'fhalbh mi, tha oil-seed rape a' lìonadh an t-saoghail a-nis.

"In Flanders fields the poppies blow," tha mi ag aithris rium fhìn, "between the crosses, row on row, that mark our place; and in the sky the larks, still bravely singing, fly." Agus tha da-rìreabh, ann an seo, na h-uiseagan ag itealaich os cionn nan achaidhean a tha a' sìneadh a-null gu Caolas Mhoireibh.

Cha robh mi ach seachd-deug aig an àm, 's mar na mìltean mòra eile cha robh sìon a dh'fhios 'am dè bha tachairt, neo carson. Riamh bhon uair sin tha mi air a bhith a' faighneachd dhomh fhèin – an ann an seo, air Raon Flanders ris an can cuid Ypres, neo thall an siud aig Festubert neo Arras a bhàsaich mi, ma bhàsaich mi idir? Dh'fhaodadh gun do thachair e roimhe, fada mus do ràinig mi A' Bheilg. 'S dòcha an latha chaidh mo ghairm, neo an latha a ghairm mi mi fhèin. Neo 's dòcha gur e dìreach mo chorp – neo m' anam – a sgaoil an oidhche ud aig Flanders. Am faodadh e bhith gur e dìreach mac-samhail a th' annam, neo manadh de mhanadh? Às dèidh a' chogaidh chaidh mi dhan ospadal, 's thuirt iad rium nach robh sìon ceàrr orm, ach dìreach an rud àbhaisteach – shell-shock. Shell-shock. Bha e mar gun spealgadh do chorp às a chèile na bhìdeagan beaga, 's a dh'aindeoin gach oidhirp a dhèanadh tu, cha robh smachd sam bith agad air do bhodhaig. Dh'iarradh tu air do làimh sgur a chrith, agus airson diog neo dhà dhèanadh do làmh sin, ach gun fhiost dhut aig an dearbh àm thòisicheadh do chas air critheanaich. Thug iad pileachan dhomh ach cha do rinn iad feum sam bith. Chunna mi lighiche-inntinn, agus shuidh e an sin ann an sèithear fad mìos a' coimhead orm 's cha duirt e guth. Bha agamsa ri bruidhinn, 's cha robh bruidhinn agam. Rinn iad deuchainnean airson sgitsoifrinia, ach cha robh dearbhadh sam bith air a sin a bharrachd, 's mu dheireadh leig iad ma sgaoil mi le comhairle dhol gu spa gach earrach is foghar, agus cumail a-mach às an fhuachd agus an dorchadas.

Bhiodh am Berghof anns an Eilbheis air còrdadh rium nam biodh an t-airgead air a bhith agam. Ach bha an t-sùil. 'S mar sin chaidh mi ann còmhla ris a' chòrr son seachd bliadhna a ghabhail nan uisgeachan, neo co-dhiù a ghabhail balgam à Tobar Mhaolruibhe, a bha glan is fionnar is ùrachail. Chaidh mi timcheall orr' uile – Tobar an t-Sìthein an Dùn Bheagan; Tobar Chaoibeirt an Cill mo Luaig; Tobar Chliamain anns an t-Srath. Leighis iad uile mi: "uisge Tobar Teilebreac, is duileasg à Loch Seunta, faochagan a' Rubha Dhuibh, is smalagan à Riadhain". Agus Tobar a' Mhanaich, às an do dhrùdh mi airson nan seachd ràithean. Àrd anns na beanntan, bha e mar gum faiceadh tu an Roinn Eòrpa gu lèir fodhad, a' sìneadh a-mach air gach taobh. Sneachd air na h-Alps agus cuan gorm na h-Adriatic gu deas; coilltean dorcha gu tuath. B' ann an seo a dh'fheuch iad ceòl na Roinn Eòrpa orm – Bach is Beethoven is Wagner is Liszt is eile, ach fhathast chan fhaighinn na seann òrain Gàidhlig a-mach às mo cheann, 's gach uair fhathast a chluinneas mi an Naoidheamh Siomfonaidh mòr, is e Pàdraig Mòr is Pàdraig Òg a tha cluich 's a' stiùreadh.

Tha mi creidsinn gur e sin mìorbhail ciùil: riamh bhon a

bhuail a' chiad duine ann an uamh air choreigin maide ri balla, leagh tìm. Eadar a' bhuille agus am mac-talla dh'fhosgail ùine, anns an deach gach nì a dhòrtadh. Mar an ùine eadar smuain is gnìomh, neo eadar bàs is beatha, thug ceòl dhuinn an cothrom. Dìreach mar an Latha Nollaig ud a stad sinn a' losgadh agus a sheinn sinn laoidhean ri chèile tarsainn nam bleideagan-sneachda. An e eadar-ùine a bha sin? Saoil nach e dà-fhillteachd a bh' ann? An comas a bhith dà rud aig an aon àm, can mar Jekyll is Hyde, no Crìosd fhèin. Gàidheal am measg nan Goill. Mi fhèin 's mo sheanair, a dh'fhuiling na h-uimhir 's nach b' urrainn labhairt dha fhèin, oir chaidh an comas labhairt a thoirt bhuaithe. Cò a labhras airson nam balbh? Neo airson nam marbh? Is mi marbh is beò.

Cho sean agus a bha e faireachdainn dhomh nuair bha mi òg, an duine nach do dh'fhàs riamh nas sine na mi fhèin. Dh'fheumadh tu a làmh a ghabhail son dèanamh cinnteach nach tuiteadh e, ach aon uair 's gun robh mo làmh bheag paisgte na làimh-san, bha sinn mar aon 's cha sgaradh an t-sìorraidheachd sinn. Tha cuimhn' 'am air latha chaidh sinn suas dhan bheinn, ged a bha an dìle-bhàithte ann agus gach allt is sruthan ann an Tròndairnis nan deann. Oilsginn air an dithis againn agus ar làmhan an tacs' a chèile, 's mar as motha shil i b' ann bu mhotha a cheangail sinn ar làmhan còmhla, mar gun robh iad air an tàthadh le uisge. Dh'fhairichinn na boinnean mòr air deàrnag a làimhe a' leaghadh a-steach dha na boinnean beag air mo làimh-sa.

Stad sinn letheach-slighe suas a' bheinn, a' gabhail beagan fasgaidh fo chreig. "Creag Alasdair a bha riamh ac' air a' chreig seo," thuirt e. "Ge bith cò bh' ann an Alasdair." Bha e caoineadh, na deòir nan sruth sìos aodann còmhla ri uisgean nan speuran. Shuidh sinn an sin fad uair a thìde, 's na h-uisgeachan a' cur thairis.

"Dè bh' ann?" dh'fhaighnich mi dha.

"O – cha robh aon rud. Bha h-uile rud."

'S chan eil sìon a dh'fhios 'am dè thug an dànachd dhomh ach thuirt mi ris. "Ach tha a h-uile rud air a dhèanamh à aon rud." 'S cha tuirt sinn an còrr fad an fheasgair, nar suidhe an sin ùine a' faicinn an uisge a' bogachadh an t-saoghail 's an uair sin a' dèanamh air mullach na beinne, far an robh i tioram mus do ràinig sinn, agus bogha-fhrois dà-fhillteachd a' deàrrsadh fodhainn eadar an t-eilean agus tìr-mòr Gheàrr Loch.

9

Inbhir Narann

Ràinig sinn Inbhir Narann, 's ma tha aon àite a' samhlachadh dhòmhsa mi-rùn mòr nan Gall, tha Inbhir Narann, ged nach eil adhbhar sam bith agam airson sin fhaireachdainn, 's ged nach eil fianais sam bith agam air a shon a bharrachd. Cha robh ann am mì-rùn mòr nan Gall ach sound-bite Mhic Mhaighstir Alasdair. Snìomh a bhàth coingeis eagalach nan Gàidheal. Chan e coir' Inbhir Narann a bh' ann gun do dh'fhuirich am Bùidsear Cumberland 's a chuid shaighdearan ann an oidhche ro Chùl Lodair, an e? Chan e coire a' bhaile a bh' ann gun tàinig fras chlachan-meallain às an ear an aodainn nan suinn?

Às an ear. Nach iongantach cho fad on iar agus a tha an ear, agus cho neo-chaochlaideach agus a tha na dhà. Mar gu bheil iad stèidhichte, seach fuasgailte, a dh'aindeoin 's gu bheil fiosaigs agus cruinn-eòlas ag innse dhuinn gu bheil iad uile a rèir. Nuair bha mi beag, dh'innis Einstein dhuinn rud air an robh fios againn uile: gun robh An t-Eilean Sgitheanach agus a' ghealach a rèir a chèile. "Aiteamh na gaoithe tuatha," chanadh iad, "sneachd is reothadh anns an uair. Gaoth an iar gun fhrois, bidh e 'g iarraidh gu deas." Dìreach mar grabhataidh, bha e gu math follaiseach. Bhiodh rudan a bha ceangailte a' tuiteam sìos còmhla.

A' dol suas 's sìos seach timcheall ann an cearclan Ceilteach. Nach fhad' on a dh'ionnsaich mi a' chombaist Ghàidhlig! Tuath, tuath an eara-thuath, eara-thuath, ear an eara-thuath, Ear, ear an eara-dheas, eara-dheas, deas an eara-dheas, Deas, deas an iar-dheas, iar-dheas, iar an iar-dheas, Iar, iar an iar-thuath, iar-thuath, tuath an iar-tuath, Tuath. Cearcall coileanta, mas fhìor, ged a bha fhios againn uile gun robh an fhìor-thuath agus am tuath maigneataic ann, dìreach mar a bha miann is gnìomh ann. Mar gach neach eile san t-saoghal, tha fhios gur e dìreach m' òige a thug mo chombaist dhomh, a' stèidhich tuath is deas is ear is iar mus deach mi faisg air sgoil agus a dh'innis clàr oifigeil dhomh gun robh ear nas fhaide an ear na bha riamh dùil agam, agus gach àirde eile mar an ceudna.

Bha Raghnall Sheòrais an ear, agus cuideachd bùth Dhòmhnaill 'n Tàilleir agus bothan an t-seann ghreusaiche, MacAlasdair. Bha an eaglais san iar, air Rubha an t-Seòladair, far an tàinig an Spàinnteach Miguel de Lugana air tìr aig deireadh na seachdamh linn deug, a phòs boireannach às an àite agus a dh'fhàg sliochd ris an can iad Na Magellans chun an latha an-diugh. Bha an fhaing gu tuath, agus na beanntan gu deas, nam measg an fheadhainn a dhìrich mi còmhla ri mo sheanair o chionn fhad an t-saoghail.

Ach b' ann nuair a dh'fhalbh esan – mo sheanair – dhan Arm, a thuig e gun robh An Ear a' tòiseachadh an seo ann an Inbhir Narann. Thuirt e rium gun robh e mothachail fhad 's a shiubhail e tron Eilean Sgitheanach agus a-null tro Loch Aillse a dh'Inbhir Nis gun robh e fhathast anns an iar. "Fiù 's ann am baile mòr Inbhir Nis fhèin, bha mi a' faireachdainn gun robh spòg mo choise fhathast san iar, ach a luaidh 's a ghràidh, airson adhbhar air choreigin, aon uair 's gun do laigh mo shùil air Inbhir Narann, bha fhios 'am gun robh mi air a dhol tarsainn a' chrios-mheadhan dhan ear. 'S dòcha gur e dìreach laighe na dùthcha bh' ann – 's dòcha an raon-goilf, neo na h-iataichean a-muigh air a' mhuir, neo na togalaichean mòra, ach bha fhios 'am gun robh mi san ear."

Chan eil tomhas reusanta sam bith a' dearbhadh gun robh e ceàrr. Gu dearbha, air a chaochladh: tha gach tomhas saidheansach ag innse gu soilleir gu bheil ear daonnan ear air ear. B' e Inbhir Narann an ear sin, agus seo mise ann an-diugh. A' dol siar air sear.

10

Inbhir Nis

Cha robh an trèan a' ruith gu dìreach air adhart dhan Chaol 's mar sin b' fheudar dhomh stad ann an Inbhir Nis airson an fheasgair, gus an glacainn an ath thè a bha a' falbh aig 6 uairean. Chuir mi mo mhàileid dhan left-luggage, agus mar a bu dual chaidh mi mach dhan cheàrnaig bhig taobh muigh an stèisein gus m' ainm fhaicinn air a' chuimhneachan-cogaidh an sin. Chan ann air an fhear mhòr a bha shuas mus'do rugadh mi, gu gaisgich Tel-el Kebir is eile, ach air an fhear umhach air a' bhalla, Pro Deo Pro Patria. An e sin mise da-rìreabh, eadar Dàibhidh Stiùbhart nam Freiceadairean Dubha agus Iain Suttie nan Camshronaich?

An trafaig! Cho trang 's a tha e seach mar a bha, agus na bùithean air àitean nan rèiseamaidean a ghabhail thairis. Tha mi a' coiseachd sear, seachad air Pizza Express chun an àite far an robh Am Mart, ach chan eil ann a-nis ach stèisean-peatroil. Beathach eile, gun teagamh sam bith. Tìgear na do thanca. Ach

67

seo mo thaobh-sa a mach seachad air Allt na Muilne agus suas an cnoc gu na Cameron Barracks far a bheil na gaisgich fhathast a' cruinneachadh, 's mo mhìle bheannachd orra.

Cho brèagha agus a tha an Caolas Moireibh air an fheasgar samhraidh seo. Suas leam taobh Muileann an Rìgh gu Cùl Duthail far a bheil na beagan Ghàidheil a tha air fhàgail a' bruidhinn ri chèile tro tubes, agus sìos leam an uair sin taobh na h-aibhne gu Pàirc nam Bochd agus seachad air an Ionad Spòrs gu Eden Court, far a bheil mi a' suidhe agus a' gabhail cappuccino agus sgon. Cho math 's a tha iad! An cappuccino dìreach ceart – trian de chofaidh à Mozambique aig a' bhonn, agus an uair sin am bainne cho teth 's a bu chòir, agus crathadh de theòclaid ceart à Cuba air a' mhullach. Agus an sgon ionadail agus organach – air a dhèanamh, tha an sanas ag ràdh, air tuath beag faisg air Cill Chuimein. Tha an t-ìm agus an t-silidh cuideachd a cheart cho math – chan e na pasgain bheaga ghrànda ud a bhios tu daonnan a' faighinn, ach ìm saillte air ùr dhèanamh agus silidh bhlasta à Inbhir Ghòrdain air a thoirt dhut ann am bobhla beag grinn glainne. Tha ceòl tarraingeach a' cluich cuideachd anns a' chafe – Miles Davis le *Kind of Blue*. Chan iarradh tu ach a bhith beò. An-dràsta, aig a' mhionaid seo, aig an àm seo, anns an àite seo.

Cò mì? Mi fhìn neo mo sheanair? 'S tha e tighinn a-steach orm gur e seo e, gu sìorraidh: a' mhòmaid seo, agus an sacsafon aig Miles Davis dìreach an-dràsta fhèin a' suathadh air High E, agus am boireannach meadhan-aoiseach a tha air cùl a' chunntair a' coimhead orm le fiamh a' ghàire na sùilean. Às a h-aonais, cha bhithinn beò idir. 'S e ise, agus na tha i a' giùlan, a tha toirt beatha dhomh. Am peant a tha air a h-ìnean, agus am bòrd air a bheil a h-ìnean a' laighe, agus gach bogsa dathach tì a tha aig a gualainn – Twinings Orange and Lotus Flower; Celestial Seasonings Sleepytime Herbal; Rose, Chamomile & Lavender Tea. Tha am boireannach seo, nach fhaca mi riamh roimhe agus 's dòcha nach fhaic mi gu bràth tuilleadh, gam dhùsgadh bho na mairbh.

Saoil an tèid agam mi fhìn acrachadh a-nist anns an àm? Tha balach beag a' ruith seachad orm agus itealag aige na làimh, agus an sgiath fhèin a' sgèitheadh àrd os a chionn, os cionn Abhainn Nis. Tha còmhlan-ciùil brass nan seasadh taobh a-muigh Cathair Eaglais Naoimh Anndrais a' cluich laoidhean: na Sally Anns a' cruinneachadh airgid airson nam bochd. "O When the Saints go Marching In." Tarsainn na drochaid air Abhainn Nis, bùth nam fèilidhean air mo làimh dheis agus An Gellions, far an do dh'òl mi m' òige, air an làimh chlì. Woolies nach eil ann – nach eil rud sam bith buan? – agus Waterstones nan leabhraichean, shuas an staidhre anns an ionad theth ghloinne, agus siud mi air ais aig an stèisean agus an cloc mòr a' sealltainn cairteal às dèidh ceithir. Trèan A' Chaoil a' fàgail aig sia.

Seo mi. Seo mi a-nis. Cà' bheil i? An tè a shàbhaileas mi. 'S tha i na seasamh rim thaobh ag ràdh, "Carson is e tè a th' ann daonnan? Madonna is maighdeann nam bàrd! Mar gun robh a leithid ann, a thrustair."

Air falbh bhuam, a Shàtain. Cùm mi daingeann, gun choimhead air ais neo gun choimhead air adhart, ged a tha mi gam cheartachadh fhèin sa bhad: cùm mi daingeann, an seo, an-dràsta, a' coimhead timcheall is bhuam, air ais 's air adhart. Sin an cleas.

Tha mi ceannach pàipear – *West Highland Free Press* – agus iris de thòimhseachain. *Word-and-other-puzzles* tha e ag ràdh.

"Gabh 1000", tha a' chiad fhear ag ràdh. "Agus cuir ris 40. Cuir 1000 eile ris an sin. Agus 30. Agus 1000 eile. Agus 20. Agus 1000 eile. Agus 10. Dè th' agad?" Am freagairt – 5000? "Ceàrr!!!! 'S e am freagairt ceart 4100." Agus an dara fear: "Tha còig nigheanan aig athair Màiri: 1. Chacha. 2. Cheche. 3. Chichi. 4. Chocho. 5. ???? Ceist – dè an t-ainm a tha air a' chòigeamh nighean?" Freagairt – Chuchu??? "CEÀRR!!!!!! 'S e Màiri a th' oirre, amadain!"

Dh'fhaodadh gur e sin am fuasgladh: sense of humour! An cual' thu an tè mun Leòdhasach a bha cho gràdhach air a' bhean fhèin 's gun do dh'innis e dhi!? What do you call a Glaswegian in a suit? The accused! Faodaidh tu Kant a leughadh leat fhèin, thuirt Robert Louis Stevenson, ach feumaidh tu joke innse do chuideigin eile. 'S dòcha gur e sin a bha ceàrr orm fad mo bheatha – humour by-pass. Mar gun cuireadh sin a h-uile nì ceart. Ach cuimhnich seo, gum faca mi iad uile air an taobh thall, Buster Keaton is Stan Laurel is Les Dawson is Spike Milligan is Charlie Chaplin fhèin, ann an taigh na tùirs'. Cha robh duine riamh cho dubhach ri comedian.

Mar sin tha mi tionndadh chun a' *Free Press*, ged as e dìreach tòimhseachan de sheòrs' eile tha sin. Gu h-àraidh an colbhaiche Gàidhlig ud. Agus an uair sin thachair e: thàinig i air bòrd. Cha do mhothaich mi an toiseach, oir chan eil thu uair sam bith a' mothachadh toiseach an t-saoghail. Tha an cruthachadh deiseil ach cha tòisich e gus an toir thu an aire. Ach cha tàinig i air bòrd an àite sam bith eile, oir cha robh i air a bhith ann roimhe sin – às an sin tha mi cinnteach. Ach nuair a thog mi mo shùil suas bhon phàipear-naidheachd, bha i an sin na suidhe air mo bheulaibh, agus a' fosgladh leabhar – Immanuel Kant, *The Critique of Practical Reason*. Bha speuclairean oirre, agus a sùilean dorcha donn air an cùlaibh. Cha tug i aon shùil orm fhad 's a dh'fhàg an trèan an stèisean, a' lùbadh chun an làimh chlì, ach cha do thog mise mo shùilean bhuaipe-se.

"Gabh mo leisgeul," thuirt mi rithe, agus choimhead i null orm. Thug i a speuclairean dhith, agus chuir i an leabhar sìos. "An do dh'innis Immanuel Kant joke riamh?" dh'fhaighnich mi.

"Chan eil fhios 'am," thuirt i, "ach tha fhios 'am gun duirt e seo – 'Happiness is not an ideal of reason, but of imagination'." Agus chuir i a speuclairean air ais oirre fhad 's a luathaich an trèan tarsainn na drochaid bhig iarainn a bha gar giùlan dhan Mhanachainn.

11

An Drumair

Chan fhaighinn na faclan a-mach às mo cheann. Happiness is not an ideal of reason, but of imagination. Happiness, thuirt mi rium fhèin. Toileachas. Dh'fheuch mi e an taobh seo agus an taobh ud eile. Ga chagnadh mar shuiteas. Cha bhuin toileachas do reusan, ach dhan mhac-meanmna. Chan eil toileachas ceangailte ri reusan, ach ris a' mhac-meanmna. Is ann às a' mhac-meanma a thig toileachas, agus chan ann à reusan. Chan ann às an rud practaigeach. Carson ma-thà nach robh mi toilichte? An e mo mhac-meanmna, seach mo bheatha (neo mo bhàs) a bha ceàrr?

"Gabh mo leisgeul," thuirt mi a-rithist, agus a-rithist sguir i a leughadh, chuir i an leabhar sìos agus thug i dhith a speuclairean. Chuimhnich mi gun do leugh mi ann an iris air choreigin uaireigin gur e comharra seagsualach a bha sin: mar gun robh i a' toirt dhith pìos dhe h-aodach air mo bheulaibh. Ach cò chreideas na h-irisean sgudalach sin? Saoil an tuirt Kant sìon riamh mun a sin? An e dìreach *Cosmopolitan* a dhioscoivearaig seags, mar a thuirt a' chailleach Leòdhasach a bha air deichnear a bhreith. "An rud ud. An rud a thuirt thu. Dè bha e ciallachadh?"

"Tha e ciallachadh," thuirt i, "na tha thu ag iarraidh e ciallachadh. Tha e ciallachadh gu bheil ar beatha gu lèir anns a' mhac-meanma, agus chan ann dìreach an seo." Agus bhuail i am bòrd le a dùirn, mar a bhualadh drumair bogsa. Dh'fheumainn feòil a chur air na cnàmhan. Chan e rud abstract a tha ann am beatha, dìreach mar nach e rud abstract a th' anns a' bhàs. Cò às a thàinig na cardboard cut-outs a tha seo nam cheann? An robh an aon mhiann aice, 's an rachadh againn air an caolas farsaing a shnàmh?

Tha conventions ann, thuirt mi rium fhèin, agus uaireannan feumaidh tu cumail riutha. Cò aig tha fhios nach rachadh agam – nach rachadh againn? – air ròpa cugallach air choreigin a thogail 's a cheangal àrd os cionn a' chaolais? Blondin a' dol tarsainn Eas Niagara. "Peadar," thuirt mi rithe, mar chiad cheum anns a' mhìle, 's chuir mi mach mo làmh. "Angela," thuirt ise, ga crathadh gun amharas.

"Air chuairt?" dh'fhaighnich mi dhith.

"Aidh," fhreagair i, anns an dòigh Albannach. "Drumair a th' annam," thuirt i. "Ceòladair."

"O?" thuirt mi, mar cheist.

"Aidh. Drumair. Mar ann a' bualadh rudan le maide. Dèanamh fuaim. 'S tha e gu math àraid mar a nì diofar rudan diofar fuaim."

"O?" thuirt mi a-rithist.

"Aidh. Maide air fiodh, maide air craiceann, maide air stàilinn, maide air tiona, 's mar sin air adhart. Tha a ghuth fhèin aig gach nì."

"'S na diofar sheòrsachan fhiodh . . ." thòisich mi, ach thàinig i steach orm, "Tha iad uile le an diofar ghuthan. Darach is giuthas is beithe is seileach is calltainn. An aon rud le craiceann."

"'S dè mu dheidhinn nam maidean?" dh'fhaighnich mi.

"Mar an ceudna. Tha an guth a rèir a' mhaide. Bheil e fada no goirid, tiugh neo tana, lom neo làn, ionadail neo coimheach." Bha sinn a' coimhead air a chèile ann an làn-fhios nach ann dìreach air drumaireachd a bha sinn a' bruidhinn.

"Agus thu fhèin?" thuirt mi rithe. "Cò às a tha do ghuth?" Rinn i gàire. "Tha sin, a dhuine, a rèir an ann à reusan neo às a' mhac-meanmna a fhreagras mi. 'S tu fhèin?"

"O," thuirt mi sa bhad, "às a' mhac-meanmna. Chan eil an còrr agam."

"Eil thu cinnteach?" dh'fhaighnich i, agus thug sin orm stad, mar gun robh na maidean air stad ann am meadhan-adhair.

"Chan eil," fhreagair mi gu h-onarach – 's dòcha airson a' chiad turas – "chan eil mi cinnteach idir."

Bha sinn anns A' Mhanachainn.

12

A' Mhanachainn

Mus d' fhuair mise an cothrom a' cheist a chur – "Dè tha gad fhàgail an taobh seo?" – dh'fhaighnich ise a' cheist.

"Tilleadh dhachaigh," fhreagair mi gu sìmplidh.

"'S an robh thu air cuairt fhada?" dh'fhaighnich i.

"O bha," thuirt mi. "Gu taobh thall an t-saoghail."

"Gap Year?" dh'fhaighnich i, 's cha robh i a' magadh a bharrachd. Chan eil mi smaointinn.

"Seòrsa dheth," fhreagair mi, le gàire. "Bliadhna a' Chaolais."

"An aithne dhut an t-òran?" dh'fhaighnich i an uair sin, 's thòisich i a' bragadaich gu socair air a' bhòrd le a corragan.

"Tha caolas," thòisich mi, "eadar mi is Iain/chan e caolas, ach cuan domhain/ 's truagh nach tràghadh e bho latha/'s nach biodh ann ach loch neo abhainn . . ."

'S thog i fhèin am fonn, "Feuch a faighinn-sa dhol tarsainn/ far a bheil mo leannan falaich/thèid sinn a-nist far eil m' athair . . ."

'S chùm mis' orm, "'S na bheil beò do luchd mo sheanar/

innsidh sinn dhaibh mar a thachair . . ." far an do stad sinn, 's gun chuimhn' aig aon seach aon againn air na faclan.

"Tha port eil' ann mu chaolas," thuirt i.

"Tha," thuirt mi, "tha fhios 'am – tha caolas eadar mi 's mo luaidh, tha caolas eadar mi 's mo luaidh, tha caolas eadar mi 's mo luaidh, is cuan eadar mi 's m' annsachd . . ."

"Caolas Bheàrnaraigh," thuirt i, "is Ùig, Caolas Bheàrnaraigh is Ùig, caolas Bheàrnaraigh is Ùig, gu tric mo shùil a-null air . . ."

"Tha thu glè eòlach air na h-òrain," thuirt mi rithe.

"Carson nach bitheadh?" thuirt i. "Nach tuirt mi gur e ceòladair a th' annam?"

"Thubhairt."

"Dè cho fad 's a tha thu dol?" dh'fhaighnich mi dhith an uair sin.

"Gu ceann an rathaid," fhreagair i. "Agus thu fhèin?"

"Mar an ceudna."

"'S dè tha romhad?" dh'fhaighnich mi.

"O, 's iomadh rud sin," thuirt i. "Gigs. PhD. Coiseachd. Beagan de làithean-saora cuideachd."

"Tha deagh Ghàidhlig agad," thuirt mi rithe.

"Tha," thuirt i. "Bha Gàidhlig an dà chuid aig m' athair 's aig mo mhàthair. Ise à Slèite agus esan à Barraigh."

"Barraigh?" thuirt mi, airson adhbhar air choreigin.

"Aidh," thuirt ise. "Seòladair a bh' ann. Iasgair ghiomach."

Bha an trèan na stad aig Muir of Ord. Am Blàr Dubh.

13

Am Blàr Dubh

Dh'fhàg sinn am Blàr Dubh, a' dèanamh air Inbhir Pheofhar-
ain. Chuir i *The Critique of Practical Reason* air falbh anns
a' bhaga aice, agus thug i a-mach iris. *Hello.* Bha dealbh de Posh
Spice air an duilleig-aghaidh. Thug i cuideachd a-mach I-Pod
gleansach, agus chuir i sin air a' bhòrd ri taobh na h-iris agus
stob i fònaichean-cluaise beaga na cluasan. Chluinninn an ceòl
a' seòladh mu cheann – ceòl clasaigeach air choreigin, smaoinich
mi.

Choimhead mi a-mach an uinneag air na h-achaidhean a bha
nist air bhog anns an uisge. Cha do mhothaich mi gun robh i
air tòiseachadh air sileadh. An dìle-bhàithte ann a-muigh, a rèir
choltais. Bha prasgan each nan seasamh len cinn crom ri taobh
tuba tiona aig ceann pàirce. Seachad air tuathanas, agus pàirce
BMX agus pàirce mhòr eile anns an robh crodh Gàidhealach. An
uair sin cuaraidh le RJ MacLeod, beagan thaighean, agus coille
bheag ghiuthais. Dh'fheumainn an caolas a shnàmh a-rithist, ach
ciamar?

77

Nach biodh dràma math, smaoinich mi. Mar ann am fear dhe na nobhailean aig John Buchan neo Stevenson neo fiù 's Graham Greene. Dè bh' ann a-rithist? *Stamboul Train?* Murder mystery – sin a bha dhìth! Agatha Christie! *Murder on the Orient Express*! Carson nach robh a leithid idir a' tachairt air an trèan seo? Cà' robh Ridseard Hannay nuair a bha feum agad air? Neo Hammond Innes – "come in Braddock, your time is up," agus na lòsain is na biùgain-sholais a' priobadh anns an dorchadas air a' chladach, agus na smugglers air an glacadh anns a' ghnìomh agus iad a' dèanamh air an submarine fo lanntair fann na gealaich. Hande Hoch! Banzai! Achtung! Aieeeeeee! Cò idir a smaoinich air cuairt-trèana eadar Obar Dheathain agus Caol Loch Aillse anns nach tachradh sìon? Ach dìreach an trèan a' dol bho stèisean gu stèisean, le tiuc-a-tiuc-a-tiuc-a-tiuc? A' fàgail stèisean agus a' siubhal agus a' stad aig stèisean. Achaidhean a-muigh is gluasadan beaga a-staigh. Boinneanan mòra uisge a' drùdhadh sìos lòsan na h-uinneig.

Chuir e anail ris an uinneig, mar leanabh beag, agus rinn e cearcall ceòthach. An uair sin, rinn e aodann anns a' cheò: dà shùil, sròn, agus beul le gàire. Cha do ghluais Angela, a sùilean fhathast air an iris agus a cluasan teann ris a' cheòl. Ach bha i a' smaoineachadh: dè eile a dh'fhaodadh tachairt? Cò e ùghdar an sgeòil? Mi fhèin? Dè an cumhachd a th' agam tighinn a-steach air na tha tachairt an seo agus atharrachadh gu tur? Tha buaidh air a bhith agam cheana dìreach tron rud a thachair mi a bhith a' leughadh. Dè nam bithinn air suidhe an àiteigin eile, neo nam bithinn air an iris seo, Hello, a leughadh an toiseach? Dè nam bithinn air an trèan a chall, neo siubhal anns a' chàr mar a bha dùil 'am an toiseach?

Ach gun do bhrist an càr sìos. Cylinder-head gasket, thuirt am meacanaic fhad 's a ghlan e a lamhan le Swarfega.

Choimhead i null air an duine a bha air a beulaibh, a' coimhead a-mach air an uinneig. Cha robh e òg 's cha robh e sean. Àrd neo goirid. Tana neo reamhar. Brèagha neo grànda. Cha b' e duine bh' ann, ach taibhs de dhuine: ach 's e duine dh'fhaodadh a bhith ann. A chaill a mhisneachd agus mar sin a bhrìgh. Bha e tarraingeach ge-tà, anns an dòigh agus a tha lasadh na maidne neo ciaradh an fheasgair tarraingeach, a' giùlan rudeigin. Taibhs na Gàidhlig a th' ann, thuirt i rithe fhèin. Agus ri sin rinn i a h-inntinn an-àird bruidhinn ris a-rithist, seach fuireach sàmhach.

Na sùilean: sin far an robh a' bheatha. Bha iad gorm mar gorm soilleir na mara os cionn na gainmhich. Chuimhnich i turas a bha i ann am Barraigh agus a chaidh i a shnàmh ann an glumaig-mara faisg air a' Bhàgh-a-Tuath. Feasgar ciùin samhraidh a bh' ann 's cha robh duine beò ann, 's mar sin shnàmh i mar an latha a rugadh i, mar leanabh anns a' bholg. Cho luath agus a bha an saoghal gar còmhdachadh! Diogan a-mach às a' bholg, agus siud i air a suaineadh ann am plaide geal leis a' bhean-ghlùine, agus riamh bhon chiad mhionaid sin cha robh e ceadaichte a bhith rùisgte. Sin an dealbh a bh' aic' oirre fhèin: air a pasgadh ann an aodaichean de dhiofar sheòrsa on mhionaid a rugadh i – baby-grows bheag phionc, a rèir fianais nan dealbhan, is dreasaichean dathte an t-samhraidh 's an uair sin pinafores na sgoile is jeans, gus an do ràinig i saorsa Colaiste an Ealain, far an do chòmhdaich i i fhèin a rèir a toil. Gruaig phionc phunc an toiseach, le briogaisean canabhas dubha nan stiallan an siud 's an seo, an uair sin sgiortaichean fada retro na 60an a bha san fhasan, an uair sin pin-stripes a' magadh air na yuppies, mar a bh' ac' orra

*uaireigin. Ach b' e còmhdachadh a bh' ann uile dheth, spiorad
na reubaltachd ann neo às. Shuain an saoghal i on chiad dhiog a
thàinig i a-mach à broinn a màthar.*

*Agus bha i còmhdachadh fhathast, eadar an iris a bha air a
beulaibh agus an ceòl a bha na cluasan. Air a h-àrd-èideadh le
*The Critique of Practical Reason, mar gun robh sin sìon nas fhèarr.
'S mise Jackie Onassis, smaoinich i. Jacqueline Kennedy Onassis
airson a trì ainmean a thoirt dhi. A h-ainm fhèin. Ainm an duin'
aice. Agus ainm an fhir eile.*

*Thug i na fònaichean-cluaise a-mach agus phaisg i an iris air
falbh. Chùm e air a' coimhead a-mach air an uinneig. Tha an
t-eagal air. Smaoinich fhèin air leum a-steach dhan mhuir bho
na stallan àrda. Bha i grunn thursan ann am Miùghlaigh, agus
cho àrd 's a bha na stallan an sin thall air an taobh siar. Nad
sheasadh air rubha Beinn Mhic a' Phì, 's gun aon nì fodhad ach
an t-sìorraidheachd fhèin, mu thrì cheud troigh air falbh. Cuin a
bhàsaicheadh tu nan tilgeadh tu thu fhèin sìos: nuair bhualadh tu
na stallan, neo an t-uisge, neo a' mhionaid a thilg thu thu fhèin?
Neo eadar an dà rud? Nach tigeadh laigse tron astar mus bualadh
tu am bonn?*

*Bheir mi air tionndadh. Bheir mi air e fhèin a thilgeil bho na
stallan. Na bh' aige ri chall. Na bh' aige ri bhuannachadh. Agus
agamsa. Tha sinn aig Inbhir Pheofharain. Cò mheud stèisean a tha
air fhàgail? Tha mi coimhead air a' mhapa. Dhà dheug. Gairbh,
Loch Luinncheirt, Achadh nan Allt, Achadh na Sìne, Achadh nan
Seileach, Srath Carrann, Atadal, Port an t-Sròim, Dùn Creige,
Am Ploc, Diùranais, Caol Loch Aillse. Cho fada ris an astar eadar
Rubha Mhic a' Phì agus an Cuan Siar. Tha an t-sìorraidheachd
agam.*

14

Inbhir Pheofharain

*M*ar sin bhruidhinn mi ris. Anns an dòigh bu shìmplidh.
Dh'fhosgail mi pacaid bheag shuiteis a bh' agam – Werthers
Originals – agus thabhainn mi fear dha. "Taing," thuirt e, agus
choimhead mi air fhad 's a thug e an còmhdach far an t-suiteis.
Rùsgadh a-rithist. Na bh' aige ri dhèanamh dheth.

'S leum mi far na stallan. "Perfection," thuirt mi ris, "is attained
not when there is nothing more to add, but when there is nothing
more to take away. Tha mi duilich – chan eil fhios 'am ciamar a
chanas mi sin sa Ghàidhlig."

"Tha rud coileanta, chan ann nuair nach urrainn dhut sìon eile
a chur ris, ach nuair nach urrainn dhut càil eile a thoirt air falbh,"
thuirt e. "Ged is ann am Fraingis a thuirt an duine fhèin sin an
toiseach – 'Il semble que la perfection soit atteinte non quand il
n'y a plus rien à ajouter, mais quand il n'y a plus rien à retrencher.'
Antoine de Saint-Exupéry a bh' ann."

"Thuirt e rudeigin eile cuideachd," fhreagair mise. "Aimer, ce

81

n'est pas se regarder l'un l'autre, c'est regarder ensemble dans la même direction."

"*Tha an trèan seo a' dol an aon slighe, ge-tà*" *thuirt e.*

Ged nach eil sinne, agus esan a' coimhead slighe na trèana agus mise dol an comhair mo chùil. "*Dh'fhaodadh tu suidhe an seo rim thaobh,*" *thuirt e.* "*'S chitheadh tu an uair sin càit' a bheil sinn a' dol.*"

Ach dhiùlt mi. "*'S fheàrr leam fhaicinn cà 'il thusa dol. Agus bhon taobh seo, chì mi cà 'n robh mi.*"

"*Chuir mi seachad mo bheatha a' cur ris,*" *thuirt e.* "*Seach a' toirt air falbh. Oir uair, nuair a bha mi òg chuala mi searmon a thug buaidh mhòr orm:* 'God is the God of addition, not the God of subtraction,' *thuirt am ministear. Tuigidh tu fhèin cho dèidheil 's a bha iad air a' Bheurla mar nach b' urrainn do Dhia na Glòir cur ris neo thoir air falbh a dhèanamh anns a' Ghàidhlig!*" *'S rinn e gàire, airson a' chiad turas, aodann a' lasadh suas.*

"*Is dè bha thu a' cur ris?*" *dh'fhaighnich mi dha.* "*O, a h-uile rud,*" *fhreagair e.* "*Eachdraidh, litreachas, diadhachd, seags: aon rud air muin rud eile. Mu dheireadh thall, bhàsaich mi le grabhataidh. Dh'fhàs mi cho trom ri Sumo Wrestler 's cha b' urrainn dhomh gluasad gun a h-uile nì a phronnadh.*"

Rinn mi fhìn gàire. "*'S dè phronn thu?*"

"*Mo spiorad agus mo shaorsa,*" *fhreagair e, gu sgiobalta.* "*Gus an robh iad nam bloighean fo mo chasan, 's mi beò ann an cuimhne agus ann an tiamhaidheachd.*" *Bha mi dùrachdachadh mo làmh a chur air, ach b' e cur ris eile a bha sin nuair a b' e toirt air falbh a bha a dhìth.*

"*An ann airson sin a thagh thu an suidheachan sin, ma-thà? A' coimhead romhad seach air ais?*"

"Chan ann," thuirt e. "Is e dìreach tuiteamas a bh' ann. Seo an suidheachan a thug iad dhomh nuair a bhook mi an tiogaid."

Stad an trèan ann an Gairbh.

15

Gairbh

*D*h'*fhàg an trèan Gairbh.*

Cha robh adhbhar dhuinn stad a bhruidhinn aig an stèisean,
ach sin a bha sinn a' dèanamh. A' tarraing anail, mar a bhiodh
na seann trèanaichean a' dèanamh uaireigin, nuair a ghabhadh
iad tuilleadh uisge air bòrd. Mar gun crìochnaicheadh gach
caibideil gu sgiobalta aig stèisean. Chan ann mar sin a tha e ag
obrachadh: uaireannan tha an trèan a' stad am meadhan na rèile,
neo an teis-mheadhan a' mhonaidh. Can fhèin nuair a bha mi
siubhal suas à Glaschu sa mhadainn – stad an trèan, gun adhbhar
sam bith, ann am meadhan pàirce eadar Dàil Chuinnidh agus
Ceann a' Ghiùthasaich. Cha robh gairm sam bith ann, 's cha
robh mìneachadh sam bith ann. Cha deach trèan sam bith eile
seachad, ach an uair sin, an ceann cairteal-na-h-uarach neo mar
sin, thòisich an trèan gu slaodach a-rithist, agus chùm i oirre. Agus
bha sinn ann an Inbhir Nis ann an àm.

"*Mu dheireadh thall,*" *thuirt e,* "*thionndaidh mi staigh dha mo sheanair. Bha mi cho fìor dhèidheil air, fhios agad, agus nuair a bhàsaich e bha mo chridhe briste. Air a shon-san, saoilidh mi, agus cha b' ann air mo shon fhèin. Cha robh e air beatha fhaighinn – fallainneachd sam bith, tha mi ciallachadh. Air a thoirt dhan Arm aig seachd-deug gu ifrinn Mons is Paschaendale is eile. Seo an aon rud a dh'ionnsaich e às: gu bheil ifrinn nas cumanta na shaoileadh tu. Agus tuigidh tu fhèin gun do rinn mi a' mhearachd mhòr – gun do dh'fheuch mi a bheatha a ghiùlain dha. Rud a chur às dhomh.*"

Bha mi fo bhuaireadh – òraid bheag a cheart cho iongantach a thoirt dha air ais a dhearbhadh na thubhairt e. An sgàthan a thionndadh bun-os-cionn agus a ràdh, "*Tha nèamh a cheart cho bitheanta,*" *ach cha b' e sin an fhìrinn, 's mar sin cha tuirt mi e. An àite sin, thuirt mi an dearbh chaochladh,* "*Tha nèamh, ge-tà, gu math ainneamh.*"

"*Cho ainneamh,*" *thuirt esan,* "*ri gràdh fhèin. An gràdh ris nach coinnich thu ach aon uair nad bheatha.*"

Agus choimhead e orm, an impis rudeigin eile a ràdh, ach thàinig an stèisean agus chaidh sinn a-rithist sàmhach, 's dòcha air eagal gun robh aon seach aon againn a' falbh a-mach air a' phlatform, dìreach mar a chaidh Tolstoy agus Captain Oates, an dithis aca dhan t-sneachda ann am meadhan a' gheamhraidh.

16

Loch Luinncheirt

'Request Stop' a tha ann Loch Luinncheirt, dìreach mar a th' ann an còig stèiseanan eile air an loidhne seo – Achadh nan Allt, Achadh nan Seileach, Atadal, Dùn Creige agus Diùranais. Tha sin dìreach a' ciallachadh nach stad an trèan idir aig na stèiseanan sin anns an àbhaist, ach dìreach nuair a bhios cuideigin ag iarraidh air neo dheth gu sònraichte aig na h-àiteachan aonaranach sin.

Ma tha thu air an trèan, tha thu dìreach ag innse dhan gheàrd gu pearsanta gu bheil thu ag iarraidh dheth ach ma tha thu aig an stèisean fhèin agus ag iarraidh air, tha thu dìreach a' stobadh do làmh a-mach mar ann an seann film Ruiseanach an dòchas gum faic an dràibhear thu 's gun stad e. Oir tha na stèiseanan sin uile "un-manned" mar a th' ac' orra: chan eil duine beò ag obrachadh annta.

Nuair a thig thu far na trèana leat fhèin aig na stèiseanan sin, tha e mar gum biodh tu ann am film eile. Chan urrainn dhut ach

a bhith a' coimhead ort fhèin mar chamara bho àrd. Chì thu an
trèan a' tighinn, slaodach a dh'ionnsaigh an stèisein aonranaich,
fhalamh. Tha i a' stad, agus tha an neach a tha seo – thusa –
a' tighinn far na trèana, agus a' seasamh an sin mionaid neo
dhà le baga a' coimhead air an trèan gu slaodach a' falbh às an
t-sealladh an taobh eile. Tha an stèisean fhèin cho sàmhach leis
a' bhàs agus cho falamh ri fàsach. Dh'fhaodadh tu rud sam bith a
dhèanamh, oir cha do nochd na camarathan CCTV aca fhathast
a bharrachd.

'S e dannsa an rud as cumanta anns an t-suidheachadh sin.
Gu h-àraidh am measg nam fear. Thig e far na trèana, na aonar,
agus seasaidh e an sin a' coimhead air an àite anns an robh e
na shuidhe a' falbh aig astar roimhe, a' dol timcheall lùb anns
an rathad-iarainn. Cluinnidh e an trèan fhathast ùine mhòr às
dèidh dhi dhol à sealladh, ach an ceann greis sìolaidh sin air
falbh cuideachd mar a shìolas a' chuimhne fhèin air falbh, agus
aon uair 's gu bheil gach nì balbh sàmhach, tòisichidh e a' dannsa.
Waltz mar as trice an toiseach, le mhàileid neo a cheas neo
a rucksack mar phartner na ghàirdein, agus iad a' dol timcheall
is timcheall is timcheall mar gun robh iad ann am Vienna fhèin
le Strauss na shuidh' air a' bheinge gan stiùireadh. Ach fàsaidh
an dannsa nas luaithe, 's mus mothaich thu tha e na dheann-
ruith suas is sìos am platform, agus a' mhàileid etcetera air
an tilgeil gu aon taobh air an ùrlair. Tha e ann an eagstasaidh
leis fhèin: eagstasaidh na saorsa, far am faod e rud sam bith a
dhèanamh, gun duine beò a' togail mala, gun neach sam bith
a' toirt breitheanas.

Chan eil mòran àiteachan far a bheil saorsa làn-cheadaichte,
ach seo aon dhiubh: 's dòcha gur e sin fhèin a tha gam fàgail

aonaranach. Stèiseanan brèagha a chaidh a thogail airson
adhbhar air choreigin aig aon àm, ged a tha an t-adhbhar sin
a-nis air a dhol an dìochuimhn. Chan eil sluagh ann an-diugh,
ach siud an comharra, mar gun do dh'fhàg naomh air choreigin
oasis a dh'aona-ghnothach ann am meadhan na fàsaich. 'S tric,
is e *mirage* a th' ann, ach robh mirage ann riamh gun miann air
a chùl.

'Request Stop' a bha siud.

17

Achadh nan Allt

'S tha sinn a' dèanamh air Achadh nan Allt. 'Request Stop' eile tha seo, ach chan eil an trèan a' stad. Achadh na Sìne romhainn, 's tha sinn nar suidh' an seo a-nist ri taobh a chèile, oir fhad 's a bha an dannsa dol a-muigh air a' phlatform, agus fhad 's a sheòl an trèan tro Achadh nan Allt ghluais sinn ri taobh a chèile. Thàinig esan a-nall, air neo chaidh mise a-null: eil e gu diofar? Ma tha, innsidh mi dhuibh – ghluais an dithis againn a-null gu suidheachan eile air taobh eile na trèana, far am faic sinn sealladh nas fheàrr, a-mach dhan iar-thuath, far a bheil na fèidh nan ceudan a' langan shuas air a' mhonadh.

"Mar sin," bha e 'g ràdh rium, "Tha thu 'g ràdh rium gur e lomadh tha dhìth?"

"Lomadh," thuirt mi ris, "gus an ruig thu an ìre mu dheireadh thall 's gu bheil thu cho aotram ri – uill, cho aotrom ri dè? Dè am fios a th' againne dè tha aotrom? Iteag? Eun? Boinne-uisge? Sgòth anns na speuran? Oiteag gaoithe? Neonitheachd? Dia fhèin? Cò aig tha fios nach eil iad cho trom ri bròn?"

"*Bha mi a' leigeil orm,*" *thuirt e an uair sin.* "*Fad mo bheatha. Ach bha h-uile nì dheth fìor.*"

"*Tha fhios 'am,*" *thuirt mi ris.* "*Tha fhios 'am air an sin.*"

"*'S chan ann dìreach dhòmhsa – ach dhaibhsan cuideachd. Sin an rud a b' àraide. Aon uair 's gun do chreid mi fhèin gur e mo sheanair a bh' annam, chreid a h-uile duine.*"

"*Thalla,*" *thuirt mi ris.* "*Chan eil daoine cho gòrach sin. Bha iad dìreach a' leigeil orra! Double-bluff. A' leigeil orra gun robh iad a' leigeil orra. Mar ann an nobhail: suspension of disbelief.*"

"*Ach feumaidh tu toirt a chreids' orra, ge-tà,*" *thuirt e.* "*Gun sin, chan eil sìon ag obrachadh.*"

Phòg an taibhs mi. Bha e cianail ciùin mu dheidhinn – thog e a làmh, a bha cho fuar, suas an toiseach agus chuir e sin air aon ghruaidh, agus shuath e a' ghruaidh eile leis an làimh eile, a bha cheart cho fuar. Mar uisge tighinn à fuaran air latha teth. Agus bha a' phòg fhèin milis-saillte mar yin-yang. Mar dhearbhadh gun robh e beò.

Bha e a' caoineadh. Na deòir nan sruth sìos a ghruaidhean, mar na mapaichean air an Amazon a chì thu o na dealbhan-saideil. A' dòrtadh a-nuas à Peru, tro Bhrazil, agus gach abhainn eile ga bhiathadh – an Negro 's an Japura 's an Jurua 's am Purus 's am Madeira 's an Tapajos 's na mìltean mòra eile nach eil air an clàradh aig Collins. Ainm aig na tùsanaich air gach deur mus deach an ainmeachadh dhuinne.

"*Thig còmhla rium,*" *thuirt mi ris, dìreach mus do shlaod an trèan suas gu Achadh na Sìne far an tàinig tè reamhar air bòrd le èideadh snasail oirre agus clipboard fosgailte na làimh.*

Bha an t-ainm Frieda Grymo clàraicht' air bràiste air a broillich. "Duilich dragh a chur oirbh," thuirt i, ann am blas-chainnt

Ghlaschu, "ach tha mi dìreach a' dèanamh suirbhidh le taic bho Scotrail. An lìon sibh a' bhileag tha seo a-steach, agus thig mi fhìn air ais air a son aig an ath stèisean?"

"Ni sinn sin," thuirt sinn, a' gabhail dà bhileig, ach a' brunndalaich fo 'r n-anail. Bha i air stad a chur oirnn, mar chlach-mheallain. Mus deach sinn ro fhada. Air eagal 's gum milleadh an gaol an clàr-ama. Oir bha cluasan math oirre, 's a ceann fo iomagain mu dheidhinn morgaidsean an t-saoghail agus margaidhean ionmhais na cruinne. Thionndaidh i le breug de ghàire. "Tha mise bhon Bhòrd," thuirt i. "Agus sguab an gàire sin od aodann – bhon Bhòrd thuirt mi, chan ann fon bhòrd. 'S cuimhnicheadh sibhse nach biodh trèana sam bith ann gun am Bòrd. Neo bus neo plèan neo aiseag neo rathad neo Gàidhlig neo beatha neo eile. Eil sibh gam chluinntinn?"

Sheas i os ar cionn. "Eil sibh a' smaointinn g' eil mise gòrach neo rudeigin? Caraid a th' annam, chan e nàmhaid. Tha sinn uile air an aon rèile, mar gum bitheadh!" Rinn i gàire. Shuidh i sìos air ar beulaibh. "Feumaidh sinn seasamh còmhla. Uchd ri uchd; com ri com; sliasaid ri sliasaid. Clanna nan Gàidheal an guaillibh a chèile! United we stand, divided we fall! Chan e càirdeas na clèire a tha dhìth oirnne – sgrìobadh is sgròbadh a chèile, ach càirdeas a tha daingeann, teann, dìleas, maireannach."

Sheas i suas a-rithist, a brù mhòr a' taomadh tarsainn a briogais. "'S cuimhnichibh nach e dìreach stòcair a th' annamsa. A dh'aindeoin dealbh, chan urrainn dhuinn a bhith beò an cuimhne 's anns a' mhac-meanmna. Dh'fhalbh làithean nan einnseanan-smùide, a chàirdean. Dh'fhalbh làithean Casey Jones. Dh'fhalbh iad mar oiteag gaoithe. Na smaoinichibh gun urrainn dhuibh a bhith beò air gual is mòine tuilleadh, mar gun robh

Hoddan fhathast beò. Latha an dealain a tha seo. Nach cuala sibh cho sàmhach agus a tha an trèan? Cho sàmhach leis a' bhàs. A' ruith gu socair sèimh air loidhne-dealain eadar seo agus an t-sìorraidheachd. Mar a thuirt am fear eile, 'Choose, my friends, between the past and the future'. Neo mar a chanas sinn ann an saoghal na Gàidhlig – 'Tagh, a chàirdean, eadar an saoghal a dh'fhalbh 's an saoghal ri thighinn'."

18

Achadh na Sìne

Bha 18 mionaidean againn airson a' bhileag a' lìonadh suas, oir bha an clàr a' sealltainn gun robh sinn far an robh sin, aig Achadh na Sìne, aig 19.36, agus gum bitheamaid aig an ath stèisean (Request Stop eile), Achadh nan Seileach, aig 19.54.

Bha a' bhileag sa Ghàidhlig.

Rannsachadh airson Bòrd Brosnachaidh nan Deuchainnean Gàidhlig.

Son do chur ann am beagan sunnd an toiseach, seo dà cheist bheag – ach cudromach – mun a' Ghàidhlig. Neach sam bith a fhreagras na ceistean a leanas ceart gheibh e neo i cairt-siubhail saor an-asgaidh air Scotrail son na 12 mìos a tha romhainn mar phàirt de Bhliadhna Brosnachaidh na Gàidhlig ann am compàirteachadh ri Seusan Siubhail na Gàidhealtachd le taic bho Bhòrd na Gàrlaic ann an co-bhonntachd ri Lloyds Togsaic Neo-Earranta.

1. An d' fhuair thu do Ghàidhlig aig?
    a) glùin do mhàthar
    b) glùin d' athar
    c) glùin Dwelly
    d) bho ghlùin eile – mìnich

2   Dè a' chànan a bh' aig Àdhamh is Eubha?
    a) Gàidhlig
    b) cha robh cànan idir, oir 's e dìreach samhailean uirsgeulach
        a bh' annta
    c) eile – mìnich

3. Cò an gaisgeach Gàidhealach a bu mhotha bh' ann riamh?
    a) Fionn
    b) Alasdair mac Colla
    c) Donaidh Runrig

4. Cuir na tachartasan a leanas ann an òrdugh eachdraidheil.
    a) I-players
    b) Reachdan Idhe
    c) Na Fuadaichean

5. Crìochnaich am fonn seo – "Thig trì nithean gun iarraidh an
    t-eagal, an t-eudach 's an . . .
    a) Stornoway Gazette:
    b) spam
    c) gaol

Agus airson tiogaid Scotrail saor-an-asgaidh fad-beatha fhaigh-inn airson siubhal air a' charbad-iarainn seo fhad 's tha thu beò, dìreach leugh a' bhàrdachd seo agus an uair sin freagair na ceistean a leanas:

Blàr Inbhir-Chèitein le Eachann Bacach, an t-Aosdana

Cha b' e ruaig ud fir Mhuile
Gu Tràigh Ghruinneart a chreach sinn;
Gur e mheudaich mo mhulad
Sàr mhac urrant Shir Lachainn
5   Bhith fo bhinn aig luchd Beurla,
'S nach do dh'fheud e dol às orr':
B' e sin connspuinn na troide
Chuir an cogadh an cleachdadh.

Nuair a thogte leat bratach
10   Gheibht' fir ghasd' air a' mharg leat:
Mhoire! 's iomadh bean-baile
Dh'fhàg siud tamall 'na banntraich,
Agus leanabh beag cìche
'Na dhìlleachdan anfhann;
15   Ach ge duilich do mhuinntir,
Chan ann ump' tha ar dearmail.

Gur h-iomadh laoch dòrn-gheal
Chaidh an òrdugh mu d' bhrataich,
Agus òganach sgiamhach
20   Bha ga riasladh fo eachaibh,
Agus spailp de fhear tighe
Nach tug athadh d' a phearsa,
Toirt a chlaidheamh à duille,
Cheart cho guineach ri ealtainn.

25   Nuair a thogamaid feachdan,

Gum bu ghasd' ar ceann-armailt;

Ge b' e thigeadh air eachdraidh,

Ghabh iad tlachd dhiot air Ghalltachd:

Bha thu 'd charaid do 'n Mharcus

30   A bha 'n Sasann gun cheann air;

's bu tu co-ainm Eachainn

Leis an do ghlacadh an cabhlach.

Càit an robh e air thalamh

Boinne fala a b' àille

35   No oighre sin Dhubhaird,

D' am bu chubhaidh bhith stàtail!

Gura h-iomadh bean bheul-dearg,

A bha a brèid air dhroch càradh,

Nuair a fhuair iad beachd-sgeula

40   Gun do chreuchdadh 's a' bhlàr thu!

Questions on "Blàr Inbhir-Chèitein"

Marks

(1) Give the English equivalent of the title of the poem, and of the author's name.   2

(2) Locate the scene of the battle referred to, and, if you can, give its date.   2

(3) Summarise the outcome of the combat.   3

(4) Name the clan that suffered loss. "Oighre Dhubhaird" (35) should help you.   1

(5)   Who besides the poet had reason to grieve?   2

(6)   Give the full name of the leader and tell what
      happened to him.   2

(7)   What is the poet's estimate of him (*a*) as a man, (*b*)
      as a soldier?   4

(8)   Comment on the quality of his followers.   3

(9)   Who is the marquis referred to? What had been his
      fate?   2

(10) Translate into English any *eight* consecutive lines.   4

(11) Give English equivalents for any *six* of the
      following:- fo bhinn (5), Mhoire (11), dilleachdan
      (14), duille (23), ealtainn (24), cabhlach (32) bu
      chubhaidh (36)   3

(12) Comment on the versification.   2
                                                                 ____

                                                                  30

S.L.C (Higher) 1953.

Nota – Cuimhnich gur e seo an rud a tha cudromach ann an litreachas na Gàidhlig: an litreachas a thuigsinn, a sgrùdadh, a mhìneachadh agus eadar-theangachadh. Ma chòrdas e idir riut thèid do pheanasachadh: caillidh tu 29 puingean. Agus caillidh tu a' phuing eile ma nì thu joke sam bith a tha mach à àite e.g. Dè an diofar eadar Sabhal Mòr Ostaig agus taigh-cuthaich? Feumaidh tu fàs nas fheàrr mus faigh thu mach às an taigh-chuthaich.' (*L.B.D.*)

Cha robh sinn air faighinn seachad air a' chiad cheist ('glùin mo sheanair' a chuir mise, agus 'glùin Ìmpreachdas Bhreatainn' fhreagair Angela) nuair a thill am boireannach agus thug sinn dhi na foirmichean. "Bheir mi dhan Inspeactor iad," thuirt i. "Tha esan beò air sgrùdadh."

Bha ochd mionaidean deug air a dhol seachad, agus bha sinn aig Achadh nan Seileach.

19

Achadh nan Seileach

"Còmhla leat?" dh'fhaighnich mi. "Càite?"

"A dh'àite sam bith a thogras tu," thuirt i.

"Cà'il thusa dol?"

"Mar a thubhairt mi – gigs, PhD, coiseachd, beagan de làithean-saora."

"'S cà'il thu fuireach?"

"Ann an teanta." Cha robh mi air mothachadh gun robh rucksack aice aig toiseach na caraids.

"Cà'il na drumaichean agad?"

"Cha bhi mi cleachdadh dhrumaichean. Tha na maidean anns a' phoca, 's bidh mi cruinneachadh stuth anns na h-àiteachan an tèid mi. Uaireannan clachan, uaireannan fiodh, uaireannan gainmheach: rud sam bith a nì fuaim. Agus ni a h-uile nì fuaim."

"'S am PhD?"

"O, an àbhaist – fàs is bàs na Gàidhlig."

"'S a' choiseachd?"

"An àbhaist a-rithist – An Cuiltheann. An Sgùrra Biorach sgùrr as àirde, ach Sgùrra nan Gillean, sgùrr as fheàrr dhiubh."

"Agus na làithean-saora?"

"Seo iad."

"Tha mi dìreach air tilleadh," thuirt mi rithe. "À Afghanistan. Agus Iarac. Sin a thug am bàs dhomh. Dh'fheumainn a dhèanamh . . . fhios agad . . . a' leantainn mo sheanar . . ."

"Ach cha b' e Ypres a bh' ann?"

"Cha b' e. Bha e na bu teotha."

"Agus ceud bliadhna de dhiofar."

"Ann an dòigh."

Bha ceist na sùilean.

"Chan eil ann ach an aon rud ach gu bheil e air an teilidh. Ma tha thu a' coimhead airson 'class consciousness' chan eil e ann. Cha robh fainear dha na balaich ach an àbhaist – leann is boireannaich."

"'S ciamar a fhuair thu às?"

"Shell-shock a bh' ac air aig aon àm. Chunnaic dotair mi agus chuir e dhachaigh mi. Dìreach mar ann am Mash neo Catch 22 – chan eil cuimhn' 'am dè am fear dhiubh."

"Bha mise san Arm cuideachd," thuirt i an uair sin. "Ann am Palestine. Chuir iad an grèim mi airson dà bhliadhna – arm Bhreatainn, tha mi a' ciallachadh. Casaid ceannarcais – bha mi giùlan biadh is goireasan-meidigeach tarsainn nan crìochan eadar Israel is Gàsa. Peace Corps Eadar-nàiseanta nam Mnathan. Seo mo lotan." Agus rùisg i muilcheannan na lèine suas, far an robh làraichean dearga air gach gàirdean. "'S chan eil an sin ach an fheadhainn phoblach," thuirt i.

"Tha mi duilich," thuirt mi. "Cho duilich. Chan e survey a tha mi dèanamh."

Agus bha miann agam a' bheàrn a lìonadh, agus mi nas mothachaile na bha mi riamh air cho lag 's a bha mi agus cho mì-dheònach am facal a dhèanamh na fheòil.

20

Srath Carrann

Ach tha daonnan cothrom ann. An dara cothrom. An treas cothrom. An treas 's an dara cothrom mu dheireadh. An cothrom mu dheireadh fhèin. An cothrom an dam a leigeil, an sruth fhosgladh, a bhith coibhneil. Mu dheireadh thall. Coibhneil dhut fhèin.

Tha mi cuimhneachadh mo mhàthar, agus an àmhghar a dh'fhuiling i air mo sgàth. Na comasan a bh' agam, mar sgoilear, mar dhuin' òg. Bha bàt'-iasgaich aig m' athair, agus tha làn fhios 'am gum bu chòir dhomh a bhith air a leantainn a-steach dhan dreuchd. Ach cha do lean. 'S chan e nach robh iarraidh agam sin a dhèanamh – O, bha. Ach dìreach gun robh mi cho rag-mhuinealach, agus an àite esan, neo ise, a riarachadh, rinn mi an dearbh chaochladh. Chaidh mi dhan Arm. Dha na h-Argylls. A bhàsachadh airson na hippies agus na yuppies, son nam peaceniks agus nam politicians. Ann am Beul Feirste is ann am Basra.

'S chan e gum b' e sin an aon chothrom a bh' agam a

bharrachd: fhuair mi càrn dhen a Standard Grades ud agus a cheart uimhir a-rithist dhe na Highers agus na h-Advanced Highers. Ceòl, Physics, Chemistry, Matamataig, Eachdraidh, Cruinn-Eòlas, Bith-Eòlas, Ealain, Beurla, Gàidhlig, Fraingis . . . cha chùm mi orm. Bha iad cho furasta ri furasta, mar snaw aff a dyke. Ach cha robh ùidh mhòr sam bith agam annta, bha sin follaiseach dham athair 's dham mhàthair mar a bha dhan h-uile duin' eile.

"Dh'fhaodadh tu bhith nad dhotair," chanadh mo mhàthair, agus uaireannan bidh mi sùghadh nam briathran, Dr Peter Sutherland, nam bheul mar shuiteas. "Neo dhan phoileas," chanadh m' athair. "Sin agad a-nis deagh chiùird. Obair fhurasta, deagh thuarastal, agus retireadh aig aois 40 le deagh pheinnsein." Nach ann orm a tha an t-aithreachas.

Ach bha mo sheanair mar thaigh-solais, agus mar leòmann a dh'ionnsaigh an t-solais, sin far an deach mi. Dè rithist an samhladh eile a-nis? Nach robh Siren air choreigin ann a bhiodh a' tàladh nam maraichean gu am bàs? Siren! Ha! Nì-nò-nì-nò-nì-nò-nì-nò. Hud, chan ann mar sin a tha e ag obrachadh! Chan eil Sàtan sam bith a' dol a nochdadh le adhaircean beaga biorach agus ceò a' taomadh a-mach às a thòin: nach tàinig e mar aingeal an t-solais? 'S e mise a chaidh a dh'ionnsaigh an t-solais.

"Angela." Tha mi ag ràdh a h-ainm, 's tha i coimhead orm. Aingeal ann an da-rìreabh. "Peadar," tha i ag ràdh rium, anns an dòigh a thuirt Crìosd an t-ainm sin ris a' phrìomh dheisciobail. Sìmon Peadar. 'S tusa Peadar – a' charraig. Is tusa Peadar, agus air a' charraig seo togaidh mise m' eaglais: agus cha toir geatachan ifrinn buaidh oirre. Air falbh bhuam, a Thighearna, oir is duine peacach mi. Cho tric is a chaidh an dearbh fhear às àicheadh.

Peadar na gainmhich. Sin mise. *Loda il mare, e tienti alla terra.*
Is prìseil a' chas air tìr. Now would I give a thousand furlongs of
sea for an acre of barren ground.

Tha mi a' suathadh nan lotan air a gàirdean 's chan eil i
diùltadh. Tha na lotan mu dhà òirleach a dh'fhaid agus mu dhà
cheudameatar ann an doimhneachd. Tha iad oirre nan striopan
bho chùl na dùirn suas gu os cionn na h-uilinn. "Tha iad air mo
dhruim cuideachd," tha i ag ràdh. "'S air cùl gach cas 's air cùl
gach sliasaid. Seòrsa de chuip-cait air choreigin a bh' aca airson
fiosrachadh fhaotainn. 'Web-searcher' a bh' ac' air. 'S mise an
làrach-lìn."

Tha sinn eadar Srath Carrann agus Atadal.

"Fear à Èirinn a bh' ann. Èirinn a Tuath. Bha e sìor innse
dhomh gun do dh'ionnsaich e an technique ann am Bail' Àth
Cliath bhon IRA. Gàidhlig aige cuideachd. Gàidhlig na h-Èirinn,
ach dhèanainn a-mach e ceart gu leòr. 'Uile airson sìth,' bha e a
sìor ràdh. 'Tha e uile airson sìth.'"

Sheas sinn suas. Bha e na b' fhasa mar sin, ged a bha e doirbh
gu leòr fhathast. Ach rinn sinn a' chùis, a' gàireachdainn, fhad 's a
chaidh an trèan tro stèisean Atadail, Request Stop eile, far nach
do dh'iarr aon neach falbh neo tighinn.

21

Atadal

Dh'atharraich sinn ar n-inntinn. "Eil fhios agad dè tha mi sgìth
dheth?" thuirt mi rithe. "A' bhochdainn! Tha mi seachd searbh
sgìth a bhith gun sgillinn ruadh, agus eil fhios agad dè bu
mhiann leam a dhèanamh còmhla leat?"

"Tòrr airgid?" fhreagair i.

Agus shuidh sinn sìos a-rithist. "Fortan. An dearbh fhortan –
sin a bu toigh leam a dhèanamh. Neo fhaighinn."

"Carson, ma-tà," thuirt ise, "nach robaig sinn banca? Nach e
na dearg mhèirlich a tha annta co-dhiù? Cowboys Calpachais."

"Thusa Butch Cassidy," thuirt mi. "Mise The Sundance Kid.
Neo Jekyll is Hyde, neo ge bith dè bh' ann. Nach eil banca anns
a' Chaol?"

"Tha," fhreagair i. "A dhà. Banca na h-Alba air an oisean, agus
Banca Rìoghail na h-Alba mu leth-cheud slat suas an rathad."

"Nì mise fear na h-Alba ma-tà," thuirt mi, "on is e seòrsa de
Nàiseantach a bh' annam riamh. Faodaidh tu fhèin a' bhuille a

bhualadh an aghaidh nan Royalists. Mar sheòrsa de dhìoghaltas airson Chùl Lodair."

"Ach," thuirt Angela, "nach e Rìoghailtich a bh' anns an dà thaobh?" Ach dh'aontaich sinn nach robh sin gu mòran diofar. Co-dhiù a-nis on a bhuineas iad uile dhan phoball. Mas fhìor. Èirich, Sir Fred. Suidh a ghràidh.

"'S eil plan agad?" dh'fhaighnich i. "Mar – an e daylight robbery a bhios ann, neo steach tron uinneig-chùil anns a' chiaradh, neo dynamite ann am meadhan na h-oidhche neo dè? C'mon Mastermind: Plana! Mar Plana Cànain na Gàidhlig! Mar plana airson nobhail: narrative structure, character development, post-modernist technique – a h-uile rud tha sin! Chan urrainn dhuinn ar fortan a dhèanamh gun phlana. Plan A, agus Plan B, agus gu dearbha, nuair a thig e gu aon 's gu dhà 's gu trì, Plan C!"

"Chan eil plana agam," dh'aidich mi. "'S dòcha gum bu chòir dhomh fios a chur gu Bòrd na Gàidhlig – an e sin a tha thu moladh? Gu bheil iadsan math air planaichean? Neo dè mu dheidhinn Sabhal Mòr? Saoil nach biodh iadsan na b' fheàrr. Tha fhios gu bheil cùrsa-comais air choreigin acasan air a dhealbh thall an sin – Mar a Robaigeas tu Banca Ìre 1, 's mar sin air adhart? Tro mheadhan na Gàidhlig!"

"Sin e!" ghlaodh Angela, 's i 'g èirigh suas 's a' ruith suas is sìos trannsa na trèana le toileachas. "Nì sinn e tro mheadhan na Gàidhlig! Cò riamh a smaoinich air a leithid! Na bugairean Gallda tha sin a tha an-còmhnaidh a' smaointinn gu feum thu gach nì a dhèanamh sa Bheurla, agus a tha fhathast a' creidsinn nach eil a' Ghàidhlig ach dìreach freagarrach airson boiler-suits is bòtannan, airson croitearachd is iasgach is fighe is fuaghal!

Seallaidh sinn dhaibh! Gu bheil a' Ghàidhlig cho freagarrach dhan 21mh linn ri rud sam bith eile. Gun tèid againn air goid is mèirle is gadaidheachd is foill is cealg is murt is marbhadh a dhèanamh cho math le duine sam bith. Mèirle tro Mheadhan na Gàidhlig! MMG!"

Cha mhòr nach robh i air a glùinean air mo bheulaibh, "O, Pheadair – nach fhaic thu e. Sin an logo againn – MMG! Airgead! Fortan! Cliù! Annas! Phew!"

"Chan obraich e," thuirt mi. Bha mi dìreach air sin a thuigsinn. "Glacaidh iad sin, 's gheibh sinn am prìosan 's bidh sinn nas miosa dheth na bha sinn riamh. Chan obraich e."

Ach, smaoinich mi – bha rud ann a dh'obraich: an dràma! "Ach an dràma!" thuirt mi rithe. "Tha thu cho math! An robh thu aig Colaiste Dràma neo rudeigin? Theatre, Dahling?"

"Cha robh," thuirt i. "Ach mar a chanadh Sìm – Theatar na Beatha, a ghràidh! Eil thu a' smaointinn gun dèanainn rudeigin dheth?"

"Gun teagamh sam bith," thuirt mi. "Bu chòir dhut, anns a' bhad, fònadh gu MG Alba agus sreath-dràma, siabann, film – dè an diofar – a thabhainn dhaibh. Faodaidh mi fhèin a bhith nam Make-up Assistant, neo nam Executive Producer neo rud-eigin dhut. Nì sinn ar fortan – tòrr airgead a' dol san t-Sianal ùr. Anns a' 'Chaolas' mar a th' aig MacilleDhuibh air. Pig-trough a th' ann. Amar-muice. Clàr-muice. Fail-mhuc. Gabh do thaghadh. Oinc! Oinc!"

Agus ràinig sinn stèisean Phort an t-Sròim a' lachanaich.

22

Port an t-Sròim

Seo far am faic thu an soidhne ag ràdh – "Strome Ferry. No ferry."
Mar gum faiceadh tu soidhne ag ràdh – "Saoghal na Gàidhlig.
Gun Ghàidhlig."

Mar an t-Artaig agus an t-Antartaig gun deigh. Tha iad
a' leaghadh. Dh'fhàg cuideigin seann Ghuardian air suidheachan,
agus chì mi gu bheil a' chùis a-nis buileach caillte. 'Arctic ice past
tipping point,' tha an ceann-naidheachd ag ràdh. Ri thaobh tha
an naidheachd mhòr eile: 'Fly's brain senses swat threat.' Aig
a' mhullach tha dà dhealbh de Kharadzic – leis an fheusaig, agus
às a h-aonais.

Cho doirbh agus a tha e cuileag a ghlacadh neo a spadadh.
Tha iad cho luath, agus a rèir an rannsachaidh ùir, tha luchd-
saidheans air dearbhadh gu bheil sin air sgàth 's gu bheil
eanchainn sgiobalt' aca agus comas planadh air adhart nuair a
dh'fhairicheas iad cunnart faisg. 'High-speed, high-resolution
video recordings have revealed that flies quickly work out where

a threat is coming from and prepare an escape route. Scientists at the California Institute of Technology (Caltech) filmed a series of experiments with fruit flies and a looming swatter. The researchers discovered that long before the fly leaps it calculates the location of the threat and comes up with an escape plan. Flies put their bodies into pre-flight mode very rapidly – within 100 milliseconds of spotting the swatter, they can position their centre of mass in the right way so that a simple extension of their legs propels them away from any threat.'

Nach bochd nach robh am fiosrachadh sin aig Karadzic, neo gu dearbha aig na mìltean mòra ann an Srebernica nuair a thàinig na feachdan aige nuas gun rabhadh. Nach bochd nach eil an aon seòrsa eanchainn againne le na cuileagan, mar dhòigh air fhaighinn às.

A-muigh, tha i a' sileadh a-rithist mar fhianais gu bheil sinn uile a' dol a bhàthadh.

23

Dùn Creige

Far a bheil an caisteal. Far an robh Kay ag obrachadh uaireigin.

A Chatrìona Nic Mhathain,
'S ann leam bu mhiannach gach math a bhith 'n dàn dhut!
Gur tu a dhùisg mo mhac-meanmna
Nuair thug thu dhachaigh gu Albainn Lia-Fàil dhuinn.
Ged a b' fhada gar dìth i,
Air a glasadh am prìosan aig nàmhaid,
Bhuail thu bhuille 'na h-èirig,
'S thug thu thugainn bho reubairean Sgàin i.

Las thu lòchran as ùr dhuinn,
'S tha mi'n dòchas nach mùchar gu bràth e.
Nochd thu chruaidh air a rùsgadh,
'S thug thu sad air do chùlaibh dhan sgàbard.
Ghlac thu d' uair agus d' aimsir,

Thug thu suaicheantas Albann a làthair;
Nam bu chomasach dhomh-s' e,
'S mi gun dèanadh gu deònach dhiot Bànrinn.

Tha mo cheist ort, a ghruagaich,
Meur a dh'aiteam nam fuar-bheannan àrda.
Rinn thu 'n gnìomh mar bu dual dhut,
'S mar a thigeadh do shluagh Inbhiràsdail,
Ann an onair do dhaoine
Chuir thu toileach do shaors' ann an gàbhadh.
Bidh do chliù feadh nam beanntan
Fhad 's bhios triùir ann a labhras a' Ghàidhlig.

B'e Request Stop a bha seo cuideachd, ach cha tàinig neach 's cha do dh'fhalbh neach. Bha an saoghal falamh.

24

Am Ploc

'S rinn sinn air A' Phloc, tro na craobhan beaga calltainn. Bha e mar dhannsa – Masked Ball. Tha sgàile air subhailc, agus masg air dubhailc, mar a thuirt am Frangach eile. Aon mhionaid chitheadh tu a' mhuir, an ath mhionaid bha sgrion de chraobhan eadar sinn 's an cuan. Aon mhionaid chitheadh tu sealladh de thaigh beag grinn – an e mullach dearg neo ruadh a tha air an t-seada ud? – agus an ath rud, siud e à sealladh, agus duilleagan nan craobh a-rithist a' suathadh seachad, tiug-a-tiug-a-tiug-a-tiug-a-tiug-a-tiug-a-tiug-a-tiug aig na cuibhlichean gun sgur, gun fhaochadh.

Ciamar nach tug mi an aire dhan fhuaim roimhe seo? Fad an rathad o Obar Dheathain tha fhios gun robh am fuaim sin a' dol gun sgur, ach seo a' chiad turas a mhothaich mi air. 'S dòcha gun robh mi ro thrang. Ag èisteachd ri rudan eile. A' faicinn rudan eile. A' bruidhinn 's a' sgrìobhadh.

'S tha ise cuideachd sàmhach a-nis ri mo thaobh. Angela.

Ise cuideachd ag èisteachd ri fuaim an t-saoghail. Mo chridhe a' bualadh na cluais. M' anail os a cionn. A h-anail-sa socair air cùl mo dhùirn. An-dràst' 's a-rithist tha geug-craoibhe a' suathadh uinneag na trèana, le seòrsa de suis. Tha i a' fuireach far a bheil i, a ceann air mo chom, 's a' bruidhinn gu socair. Tha mi a cluinntinn a guth, chan ann na mo chluasan ach nam uchd. "Tha daoine daonnan ceàrr. A' smaointinn gur e fuaim àrd a th' ann an drumaireachd. Mar Ginger Baker, a' bualadh gun sgur. Ach eil fhios agad dè an drumaireachd a b' fheàrr a chuala mi a-riamh? Na geòidh air Loch Bì. Seòrsa de phlubadaich fada domhainn an toiseach, 's an uair sin tulgadh nan sgiathan 's an uair sin a' bhuille mhòr air an uisge 's an uair sin an seòrsa ciùil ud nuair a dh'èireas iad còmhla nam buidheann a' dèanamh air an iar. A' chiad turas a chuala mi e, bha e mar gun robh an saoghal fhèin ag èirigh dha na speuran. Sin an rud a tha sinn uile a' lorg. Nuair tha sinn a' cluich nan drumaichean."

Thuirt i an seantans mu dheireadh a dh'aona-ghnothach, oir cha robh feum air. A-muigh, bha corra-ghritheach na seasamh air tràigh Camas na Geadaig.

"An rud seo mu dheidhinn mise bhith nam thaibhs," thuirt mi, ged nach robh mi cinnteach an robh i a' cluinntinn neo na cadal, "bha e cho fìrinneach 's a ghabhas. Oir dè th' ann an taibhs ach am miann nach d' fhuair iarraidh. 'Thug thu sear dhìom 's thug thu siar dhìom, thug thu ghealach is thug thu ghrian dhìom, thug thu 'n cridhe staigh nam chliabh dhìom, cha mhòr, a ghaoil ghil, nach tug 's mo Dhia dhìom.' Haig, neo Mac Cailean Mòr, neo Janet and John, ghaoil ghil mo chrìdh. Sin carson a chaidh mi Boo! 'S, a m' eudail, bha sin cuideachd a cheart cho fìor, oir chan eil nì cho siùbhlach leis an eagal, a bheir thu o aon cheann dhen chruinne chun a' chinn eile gun gluasad bho do shèithear. Na chunna mi nach d'fhiach innse."

Shuain mi a falt eadar mo chorragan. Cho àlainn agus sìmplidh agus a tha an saoghal. Mar gun rachadh agad a chur ann an deàrnag do làimhe 's coimhead air mar ghrìogag phrìseil a latha 's a dh'oidhche. Cho taitneach agus a tha e! Cho deàrrsach. Cho beag. Cho brèagha. Mar chnò nad làimh. Mar am falt gruaige seo, a tha cho mìn ri sìoda, ach a bhuineas dhan aingeal a tha seo a tha na cadal nam uchd, ach a tha toirt làn shaorsa dhomh nèamh a shuathadh.

25

Diùranais

Dà stad air fhàgail: Diùranais agus Caol Loch Aillse fhèin. An stèisean mu dheireadh, dhan trèana co-dhiù, oir tha na rèilichean a' stad aig oir na mara 's chan fhaigh an t-einnsean neo na caraidsean nas fhaide, oir tha buffer mòr iarainn a' cur stad orra. B' àbhaist an Loch Mòr an uair sin a bhith aig a' chidhe, ach an-diugh chan eil ann ach an Nèibhidh Rìoghail agus aon bhàt-iasgaich. Ma tha thu airson a dhol nas fhaide, tha drochaid romhad.

Seo cuideachd far an do nochd an inspeactor a-rithist. Thàinig e 's shuidh e sìos air ar beulaibh, a' toirt dheth a' chip. Bha coltas sgìth air. "Seadh a chàirdean," thuirt e. "'S ciamar a tha dol dhuibh a-nis? Leasachadh sam bith anns an t-suidheachadh?"

"Tha h-uile nì air atharrachadh," thuirt sinn ris gu h-aona-ghuthach. "'S e càraid a th' annainn a-nis. Co-chomann, mar gum bitheadh. Sgeulachd air a dhèanamh le dithis."

"Tut, tut," thuirt e, a' suathadh a bhilean le a theanga. "'S a bheil am P.O.V. soilleir?"

"O, tha," fhreagair an dithis againn gu h-aona-ghuthach. "Uaireannan a tha esan a' bruidhinn, 's uaireannan tha mise, 's uaireannan tha ise bruidhinn 's uaireannan tha mise. 'S uaireannan chan eil duin' againn a' bruidhinn, ach cuideigin eile. 'S dòcha thu fhèin?"

Rinn e gàire, a' smèideadh a làimh 's a' dol às àicheadh. "O, chan e sin m' obair-sa. M' obair-sa dìreach sùil a chumail air an teagst. Chan eil sibh dol gam mhealladh mar sin. Faighnichibh dhuib' fhèin – cò eile a tha ri riarachadh ach mise? Cò eile th' air an trèan seo ach mise, agus an t-iar-oifigear ud eile a chunna sibh cheana leis a' bhileag-cheist? Eil duin' eile beò air an trèan? Am faca sibh duine sam bith eile nan suidhe an àite sam bith on thàinig sibh air an trèan an Inbhir Nis? Am faca sibh duine dol sìos neo suas na trannsaichean? An tàinig duine air an trèan neo an do dh'fhalbh neach sam bith dhith? An do chleachd duine sam bith an taigh-beag? A bharrachd air Iar-Oifigear Scotrail, an tàinig duine beò a bhruidhinn ribh fhad 's tha sibh air a bhith air a' phàirt seo dhen chuairt? Eh? Eh?"

Chrath an dithis againn ar cinn, balbh agus air ar nàrachadh. Chùm e dol. "Mise. Coimheadaibh orm – eadar an dà shùil. Dè eile a th' agaibh ach mise? Cò eile th' agaibh ach mise? Cò eile a tha bodraigeadh ach mise? Eil sibh a' smaointinn gu bheil duine sam bith a' gabhail dragh dè tha sibh a' smaointinn, neo sùileachadh, neo dèanamh? Hah! Huh! Chan eil! Chan eil dragh a' choin aca. Faodaidh sibh sùgradh neo sùghadh, gàireachdainn neo gul, tighinn neo tarraing – cha chuir e duine suas neo sìos. Fiù 's ged a bhiodh iad an seo, tha fhios agaib' fhèin dè bhiodh iad a dèanamh: a' leughadh an sgudail fhèin, ceòl nan cluasan. Mar as luaithe thuigeas sibh gu bheil an saoghal coma co-dhiù mu ar deidhinn 's ann as fheàrr. Sibh pèin 's ur fèin-aithne 's faireachdainnean prìseil! Cha d'fhiach iad am pòll 's an latha th' ann. Chan eil agaibh ach mise, 's tha mo thomhasan-sa fada seachad oirbh, oir chunna mi a h-uile nì. Huh! Mar a thuirt am fear eile ri Dan Quayle, 'I knew Jack Kennedy. Senator, you're no Jack Kennedy.' Cha tu Mac Mhaighstir Alasdair!"

Tha càr poileis aig an stèisean. British Transport Police. Tha i sileadh gu dubh. Tha dithis – fear mòr reamhar is tè chaol thana – a' tighinn às a' chàr agus a' tighinn air an trèan. Tha Frieda foghainteach a' coinneachadh riutha 's a' toirt a' chlipboard dhaibh le pòg-brathaidh. Tha i seasamh an sin a' tachais a mionnaich fhad 's tha iad a' dèanamh air clòsaid bheag an sgrùdaire. Tha iad a' faighinn grèim air an Inspeactor – am fear reamhar air a' ghàirdean dheas agus an tè thana air a' ghàirdean chlì – agus a' falbh leis san dìle dheàrrsach. "Duilich," tha iad ag ràdh rinn san dol seachad. "Chan eil tiogaid aige."

26

Caol Loch Aillse

'S a cheart cho luath, tha a' ghrian a' boillsgeadh. Trì boghan-fhrois iongantach a' dòrtadh eadar Loch Aills' agus A' Chomraich. Aon dhiubh àrd gu tuath a' ceangal Ratharsair ri Eilean na Bà; fear gu deas a' dèanamh drochaid eadar Pabaigh agus an t-Eilean Mòr; agus an trianaid air a choileanadh le bogha eadar an Dubh-Àird agus Sgùrr a' Chaorachain. Chan e sin ach mo thomhas-sa, oir cò aig tha fhios cà bheil toiseach neo deireadh nam boghan-fhrois le na poitean òir nan cois.

Chan eil mi airson gun tig an turas gu crìch, ged tha fadachd air an trèan ruighinn. Tha fadachd air an dràibhear: fairichidh mi e ann an sguab nan cuibhleachan, 's an tiuc-a-tiuc a-nis fada nas cabhagaich sìos an leathad eadar an Druim Buidhe agus Earbarsaig. 'S aithne dhomh e: tì agus suipeir a' feitheamh ris, agus Flòraidh deiseil le botal fìon na seachdain.

Cho pailt agus a tha a' chonaisg timcheall an seo, am buidhe agus an t-uaine fo bhlàth eadar na creagan. Agus na bàighean:

cha mhòr nach robh mi air dìochuimhneachadh cho pailt 's a bha iadsan cuideachd, a' briseadh na dùthcha le an dathan liath is gorm.

Tha cuideigin a' cluich sagsafòn: cluinnidh mi an ceòl a' cuairteachadh na trèana, mar cheò mìn. Rèidio 's dòcha, ged a dh'fhaodadh e cheart cho furasta a bhith Anna Chaimbeul, a tha ainmeil 's an sgìre airson ceòl an sax, a' seòladh eadar Charlie Parker agus A Pheigi a Ghràidh.

Tha sinn a' faighinn ar màileidean a-nuas bho na sgeilpichean: am poca-droma uaine aicese agus am poca-droma gorm agamsa, agus a' seasamh riutha anns an trannsa faisg air an doras. Tha an dùdan a' fuaimneachadh agus sinn a' dol tron tunail bheag a tha gad thoirt fo na creagan aig oir na mara a-steach a Chaol Loch Aillse. Tha ceò dubh a' snàmh air ais bho thoiseach na trèana, 's fuaim nan breiceachan a-nis ga socrachadh. Tha i a' luasganaich 's a' leum airson diog neo dhà agus an uair sin a' tighinn gu stad aig ceann na loidhne.

Tha sinn a' fosgladh doras na trèana agus a' leum dhith. Tha am feasgar soilleir ciùin, ach an Cuan Sgìth a' dorchnachadh a-null taobh Chaol Acainn. Tha sinn a' coiseachd sìos taobh a' chidhe, far a bheil an drochaid thall àrd os ar cionn, mar bhogha-fhroise concrete. Dh'fhaodamaid ar sgiathan a chur oirnn agus itealaich tarsainn, gun aon teagamh sam bith, ach an àite sin tha sinn a' cur ar màileidean air ar druim, a' gabhail làmhan a chèile, agus a' coiseachd dhachaigh, ceum air cheum, seachad air a' Cho-op agus tarsainn na mara air an drochaid a tha nis saor an-asgaidh, gun chìs sam bith.